KB078310

가프 현대 판타지 소설
MODERN FANTASTIC STORY

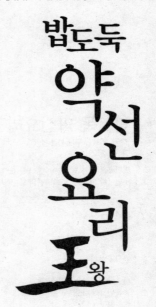

밥도둑

약선

요리

王왕

밥도둑 약선요리王 7

가프 현대 판타지 소설

초판 1쇄 찍은 날 § 2019년 7월 11일
초판 1쇄 펴낸 날 § 2019년 7월 18일

지은이 § 가프
펴낸이 § 서경석

총괄팀장 § 노종아
편집책임 § 신나라
편집 § 박현성

펴낸곳 § 도서출판 청어람
등록번호 § 제387-1999-000006호
등록일자 § 1999. 5. 31
어람번호 § 제1-3033호

주소 § 경기도 부천시 부일로 483번길 40 서경B/D 3F (우) 14640
전화 § 032-656-4452 팩스 § 032-656-4453
http://www.chungeoram.com
E-mail § chungeorambook@daum.net

ISBN 979-11-04-92025-7 04810
ISBN 979-11-04-91945-9 (세트)

가프 현대 판타지 소설
MODERN FANTASTIC STORY

밥도둑
약선
요리
王

7

도서출판
청어람

밥도둑

약선
요리
王 왕

목차

1. 영부인의 빅 딜

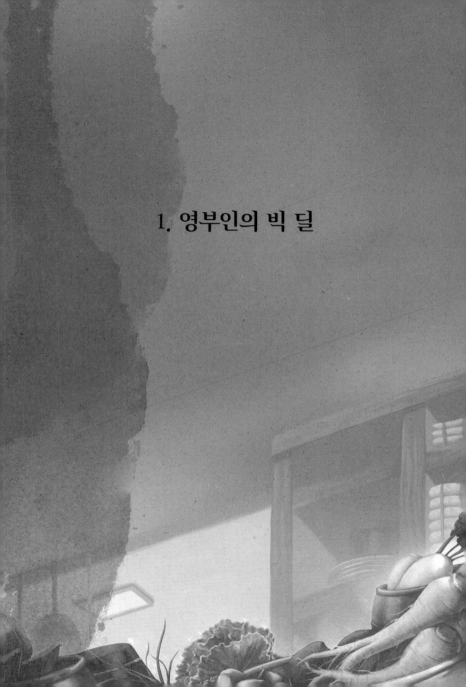

부슬비가 내리는 날, 연못 위 연잎 위로 청개구리가 올라앉았다. 초록 연잎 위에 연둣빛 청개구리가 있는 풍경은 청아함의 극치였다.

저녁 예약 손님까지 끝낸 민규가 약선차를 들고 내실에 앉았다. 종규와 재희, 황 할머니도 함께였다. 박세가와의 녹화방송이 나오는 날이었다.

"나온다."

종규가 텔레비전을 보며 소리쳤다. 요즘 사람들은 웬만해서는 텔레비전을 보지 않는다. 핸드폰에 익숙해진 까닭이었다. 하지만 중요한 건 역시 텔레비전이었다. 대형화면의 위엄이 있는 것이다.

"까아, 셰프님이에요!"

재희가 몸서리를 쳤다. 화면에 박세가와 민규가 등장하고 있었다.

"으아, 어떻게 편집을 했을까? 형이 박세가 뭉개는 거 다 날린 건 아니겠지?"

종규가 조바심을 냈다. 민규는 편안하게 방청을 했다. 이미 김선달의 언질을 받은 마당. 그러니 편집 따위는 상관없었다. 민규가 기억하는 건 박세가의 말이었다. 그 분야에서 최고의 일가를 이룬 박세가. 공식 선언은 아니지만 민규를 인정했었다. 그때의 눈은 진솔해 보였다. 그것 외에 또 뭘 바란단 말인가?

"요리 시작이야."

종규는 매번 목청을 높였다. 자기가 실황중계라도 하는 것처럼 보였다. 7첩반상 수라상이 나오고 용봉탕이 나오고 새팥죽도 나왔다. 민규와 박세가의 견해 차이는 잘 편집이 되어 있었다. 첨예한 단어들이 잘려 나갔지만 민규에게 유리한 쪽이었다.

"와아!"

용봉탕 부분에서 재희가 자지러졌다. 금박을 입은 붕어 때문이었다. 붕어의 가시는 빼낸 흔적도 없이 사라졌다. 그러나 방송은 그 흔적을 잡아내고 있었다. 히든 카메라가 있었던 모양이었다.

스튜디오의 카메라.

보이는 것 말고도 몇 개가 더 있었다. 그중 하나에 민규의 비기가 담겨 있었다. 붕어의 관절을 치고, 먼지를 털어내듯이 잔가시를 털어내는 민규의 손.

[궁중 대령숙수의 절정 비기 잔가시 제거하기.]

아래로 나오는 자막이 오랫동안 반짝거렸다.

"아이구메, 우리 민규가 요리 귀신이네, 귀신. 어떻게 저런 게 가능하대?"

할머니가 고개를 저었다. 그 당혹은 머잖아 또 이어졌다. 이번에는 잣이었다. 잣에 새겨진 용 조각이었다.

"……!"

화면에 경악하는 전문가들이 보였다. 우태희와 홍설아의 얼굴도 그랬고, 광보 스님과 월하 스님도 그랬다. 심지어는 영부인의 표정도 적나라하게 삽입되어 있었다.

하지만 방송의 압권은 마무리였다. 그대로 끝난 줄 알았던 화면에 박세가가 나왔다. 화면을 보니 스튜디오가 아니었다.

"어, 뭐야? 따로 인터뷰한 건가 본데?"

종규가 촉각을 곤두세웠다. 박세가의 멘트가 나왔다.

['청출어람'이라는 말이 있습니다. 이제 제가 늘어 궁중요리

의 맥을 이어가기 힘들었는데 제가 가르친 사람은 아니지만 궁중요리의 해석이 뛰어난 데다 천성으로 타고난 궁중요리사가 등장한 것 같습니다. 궁중요리에 평생을 바쳐온 저보다 더 정통에 가까우니 이 셰프야말로 하늘이 궁중요리계에 내린 벼락같은 선물로 생각합니다.]

"……!"

멘트를 들은 민규, 넋을 놓고 말았다. 민규를 돌아보는 종규의 표정도 그랬다. 또 뭔가 뒤통수를 치지나 않을까 우려하던 종규. 그제야 마음을 놓았다.

박세가.

민규가 돌아간 후에 공표를 한 모양이었다. 그 작심을 피디에게 전하고 마무리를 한 것이다.

"그래도 대가라고 이름값은 하는데? 생각보다 쿨하잖아?"

종규가 만족감을 드러냈다.

삐리링!

그때 카운터의 전화가 울렸다.

"네, 초빛약선입니다."

종규가 달려가 전화를 받았다. 가급적이면 벨이 세 번 울리기 전에 받기. 종규와 재희가 알아서 정한 규칙이었다.

"내일 저녁 시간은 다 찼는데……"

종규가 난색을 표했다. 예약전화인 모양이었다.

"8시 후에는 예약을 안 받습니다. 글쎄 청와대가 아니라 광개토대왕이나 세종대왕께서 살아오신다고 해도… 예?"

통화하던 종규가 파뜩 고개를 들었다.

"어디라고요? 진짜 청와대요?"

돌연한 단어에 민규와 재희도 종규 쪽을 바라보았다.

"잠깐만요."

종규가 송화기를 막고 민규에게 속삭였다.

"형, 청와대 영부인이시라는데? 내일 오후 8시에 예약이 안 되냐고……."

"영부인님?"

"어쩌지? 8시 이후에는 예약 안 받잖아?"

"뭐라시는데?"

"알고 전화하신 거라고… 사람들 있을 때 오시면 서로 번거로울 것 같다면서… 형한테 잘 좀 얘기해 달래."

"비서관이야?"

"그런 거 같아."

"미리 약속을 한 거니 할 수 없지 뭐. 예약받고 미리 주문하시는 게 있는지 물어봐라."

"새팥죽이 첫째고 좋은 약선차가 되면 드시고 싶대."

"대통령 부부께서 오시는 거라냐?"

"아니, 영부인께서 시어머님이랑 두 분이 오실 거래."

"알았다."

"여보세요."

민규가 확답을 주자 종규가 통화를 이어갔다.

"으아, 영부인님 진짜 오시네."

수화기를 내려놓은 종규, 오금이 저려 어쩔 줄을 몰랐다.

"진짜 영부인님? 대통령 퍼스트레이디?"

재희도 목소리가 올라갔다.

"아이고, 국모님까정 오신다고?"

황 할머니도 안절부절.

"영부인이 우리 형 요리 먹고 뻑 갔거든요."

종규가 분위기를 띄웠다.

"그 양반, 다른 건 몰라도 음식 맛은 제대로 아는구먼. 하기사 우리 민규가 궁중요리, 약선요리로는 최고지. 아, 먹고 나가는 손님마다 맛나다 맛나다 하는데 나라님 입맛인들 별수가 있나?"

황 할머니도 인증에 동참했다.

"제가 아니고 할머니 덕분이에요. 동생분이 보내주시는 식재료가 자연의 맛을 고스란히 담고 있으니까요."

"뭔 소리, 그런 허접한 건 약선에 못 쓴다고 패대기치는 차만술도 있는데……."

"아무튼 새팥 같은 건 많이 보내달라고 하세요. 앞으로 점점 더 주문이 많아질 것 같거든요."

"알았어. 국모님도 좋아한다고 말해줄게. 우리 동상이 쌍수를 들고 좋아할 거야. 아유, 고것도 이 프로그램을 봤어야 하는데……."

할머니 소리를 따라 민규의 전화가 울리기 시작했다. 방송을 본 단골들의 축하 전화 러시였다. 방경환 지점장을 위시해 이규태 박사, 길두홍 박사, 박병선과 혜윤 스님, 광보 스님에 김순애의 목화여고 88회 멤버들, 심지어는 정대발과 손병기 피디의 전화까지 들어왔다.

'여기까지.'

결국 손 피디와의 통화를 마지막으로 전화를 끄고 말았다.

재희와 할머니가 돌아간 내실, 종규는 실시간으로 올라오는 댓글을 보며 넋을 놓고 있었다.

—보기만 해도 군침 옥침 풀 세트로 질질.

—황금붕어, 먹기엔 너무 아까워요. 하지만 먹고 시포용.

—비주얼부터 개멋짐 폭발.

—딱 한 입만이라도 먹고 싶다. 고문이냐 뭐냐?

—젊은 셰프가 개념부터 제대로인 듯. 흥해라, 이민규.

—우리 아버지갸 저 셰프 식당 다녀왔는데. 맛도 좋지만 효과가 더 죽음이라고.

—궁중요리가 저런 거로구냥, 황금잉어, 잣 용 조각. 인간이 아니닷.

—식감 죽음, 의미 죽음, 먹다 죽음?

—배달은 안 되나효?

—풍미와 향미가 화면 밖으로 진동한다. 셰프는 책임져라.

—굿굿굿. 말이 더 필요하냐?

—초빛약선이닝? 전채처럼 나오는 약수도 죽인다던데?

—나도 딱 한 입만ㅋㅋ. ㅠㅠ

댓글은 거기서 끊겼다. 민규가 전원을 뽑아버린 것.

"아, 왜?"

종규가 핏대를 올렸다.

"자야지."

민규가 시계를 가리켰다. 이미 훌쩍 깊어버린 밤. 종규가 울상을 하며 일어섰다. 좋은 요리. 좋은 식재료와 요리 솜씨가 필요하다. 하지만 또 하나 필요한 게 있었으니 바로 요리사의 꿀잠, 즉 숙면이었다. 푹 자고 일어나야 오감이 제대로 작동한다. 아쉽지만 종규는 소등할 수밖에 없었다.

숙면 속으로.

형제는 사이좋게 잠에 빠져들었다.

*　　　*　　　*

청와대 영부인.

그 예약은 좀 달랐다. 아침까지도 몰랐다. 하지만 바로 신호가 왔다. 낯선 사람들이 등장했으니, 청와대 경호실 직원들이었다.

보안상 안전을 위한 기본 체크.

그 과정이 필요하다고 했다. 최대한 방해하지 않겠다고 했지만 방해가 되지 않을 리 없었다. 즐거운 마음으로 협조를 했다.

"손 좀 볼까요?"

식재료를 확인한 보안 요원이 민규에게 다가왔다. 기꺼이 보여주었다. 손을 보는 건 상처 여부 확인이었다. 요리사나 조리사는 손에 상처가 있으면 안 된다. 그게 화농성이라면 자칫 식중독의 원인이 될 수도 있었다.

재희와 종규, 할머니도 체크를 받았다. 음식을 만지는 사람이기 때문이었다.

"보건증은요?"

"여기 있습니다."

민규가 보건증을 꺼내놓았다. 이 또한 식중독이 주요 사안이었다. 요리사와 조리사가 자영업에 종사하려면 보건증을 받아야 했다. 이때의 핵심도 병원성 대장균과 장티푸스, 이질 등의 식중독균 보관 여부. 이 또한 음식을 통해 전염될 수 있는 까닭이었다.

그들은 식당의 내부구조와 동선, 연못 주변 환경까지 돌아보고서야 점검을 마감했다.

"조낸 깐깐하네?"

경호 팀이 나가자 종규가 툴툴거렸다.

"불시 위생 점검 한번 받은 걸로 생각해라. 돈 드는 것도 아니잖아?"

민규가 웃었다.

사실이 그랬다. 불시 위생 점검이라는 게 있었다. 주로 지방자치단체에서 실시한다. 그들 역시 보건증 여부와 손의 상처 여부, 도마와 행주 등의 세균 검사, 위생적 조리 환경 등을 검사한다. 국민 안전을 위해서도 나쁘지만은 않은 일이었다.

한바탕 난리를 치고 점심시간이 가까울 무렵이었다. 종규가 오전의 마지막 예약을 주지시켰다.

"형, 10종 궁중요리 예약 손님 오시기 10분 전이야. 준비하고 있지?"

"그래. 테이블이나 잘 세팅해 놔라."

민규가 답했다. 민규는 손을 놀리며 주문 오더를 체크했다.

타락죽, 연자죽, 새팥죽의 약선죽 3종에 궁중칠향계, 승기아탕, 기방, 작좌반, 감로빈, 요화삭, 설야멱.

양으로 봐서는 먹성 좋은 세 사람이 오는 모양이었다. 재래닭을 준비하고 승기아탕 재료를 챙겼다. 그런 다음 마당을 주목했다. 체질만 확인되면 바로 요리에 돌입할 민규였다.

그런데…….

"형!"

종규 목소리가 내실을 울렸다. 마당에 들어선 건 차가 아니라 사람이었다. 게다가 아주 낯익은 얼굴…….

"저 인간이 여길 또 왜 온대?"

산나물을 삶던 황 할머니도 촉각을 세웠다. 당연히 종규는 한 단계 위의 경계 태세로 돌입했다.

"뭡니까?"

종규가 나가서 차만술을 막았다.

"음식 좀 먹으려고."

"미안하지만 예약 아니면 안 받습니다. 아저씨 예약은 받을 생각도 없고요."

"미안하지만 나 예약했어."

"뭐라고요?"

"이미래, 오늘 5분 후 예약인데?"

"……!"

종규의 눈이 휘둥그레졌다. 이미래. 예약자 이름이 맞았다. 그런 건 귀신처럼 기억하는 종규였다. 이미래는 차만술의 페이크였다. 아내 이름으로 예약을 했던 것.

"이미래가 아저씨 예약이었어요?"

"그래. 내 마누라야."

"그럼 예약 취소입니다. 이 예약 안 받아요."

"그럼 형 좀 불러줘."

"글쎄, 아저씨한테는 요리 안 판다니까요."

종규가 목소리를 높였다. 실랑이를 본 민규가 주방에서 나왔다.

"이 셰프……."

"예약을 하셨다고요?"

"그래."

"깽판 좀 치시려고요?"

"아니야. 그럴 거 같았으면 사람 많은 점심시간 중심에 예약했지."

"그럼요."

"어제 이 셰프 방송 잘 봤어. 예약이야 그 전에 한 거지만 잘했다는 생각이 들더군."

"무슨 뜻입니까?"

"진심으로 이 셰프 요리 먹어보고 벤치마킹 좀 하려고."

"예?"

"믿지 마. 저 아저씨 말을 어떻게 믿어? 보나 마나 꿍꿍이가 있을 거야."

종규가 손사래를 치며 나섰다.

"아니야. 이제 그런 마음 없다니까."

"진심입니까?"

"그래. 그동안 입으로 때우며 살았는데 더는 안 될 것 같아서… 기분 나쁘겠지만 이 셰프 요리에서 답을 찾고 싶어. 그렇다고 그대로 카피하겠다는 건 아니고… 그럴 재주도 없고……."

"안 돼, 형. 거짓말이야."

종규는 믿지 않았다.

"요리사로서 그 말 맹세할 수 있나요?"

민규가 물었다.

"맹세해. 한 번만 도와줘."

"그럼 들어가세요."

"형."

"쉿, 손님이잖아? 누가 손님을 이렇게 대해? 깍듯이 모셔."

"형!"

"쓰읍, 손님!"

민규가 종규를 눌렀다. 차만술의 눈빛 때문이었다. 오만과 가식은 그 안에 없었다. 대신 절박과 간절함이 들어앉아 있었다.

"형!"

민규가 3종 물 전채를 차리는 사이에 종규가 주방으로 들어왔다. 여전히 못마땅한 표정이었다.

"걱정 마라. 만약 허튼짓을 하면 내가 마무리할 테니까."

민규가 잘라 말했다.

"알았어."

종규가 쓴 입맛을 다셨다. 민규 말에 따르겠다는 신호였다.

턱!

3종 물세트가 테이블에 놓였다. 차만술은 유리 물잔을 오래오래 감상했다. 그 안의 물도 한 모금, 한 모금 신중하게 넘겼다. 상차림은 차별을 두지 않았다. 말린 과일에 이어 오미자 정과를 내고 세 종류의 죽을 세팅해 주었다. 거기서 민규와 종규의 경계심이 풀렸다.

처음이었다. 차만술의 그런 진지함. 종규의 따가운 눈총에도 아랑곳없이 음식 맛 감상에 몰입하고 있었다. 황금궁중칠향계도 그랬고 승기아탕과 설야멱, 작좌반과 요화삭도 그랬다. 중간에는 돌발도 일어났다. 설야멱을 먹던 중에 눈물까지 흘린 것이다. 민규는 모른 척 두었.

마지막으로 나온 약선차까지 비워낸 차만술. 테이블에 현금을 놓고 조용히 일어섰다.

"잘 먹었네. 역시 최고였어."

겸손한 인사를 남긴 차만술이 마당으로 나갔다.

"10만 원이 많은데?"

현금을 확인한 종규가 지폐를 들어 보였다.

"차 사장님."

밖으로 나온 민규가 차만술을 불렀다. 차만술은 대답도 없이 돌아보았다.

"10만 원을 더 놓고 가셨습니다."

"알아."

"왜죠?"

"맛난 요리를 먹은 보답일세. 더 놓고 싶지만 그럼 오해가 될까 봐……."

"……."

"자네 덕분에 느낀 게 많네. 해서 나 이제 패자부활전 한번 해보려고."

'패자부활전?'

"내 나이 이제 적은 나이도 아니지 않나? 배운 재주라고는 요리밖에 없고… 그동안은 요령과 얄팍한 상술로 때웠는데 다행히 몇 년 먹고살 돈은 있으니 제대로 한번 해볼 생각이야."

"……."

"김천익도 고향으로 보냈네. 내 주제에 요리사를 밑에 두는 것도 그렇고, 성실하지도 않고… 아무튼 오늘 예약 받아줘서 고맙네. 나 같은 놈에게도 최선을 다해준 요리도……."

"손님이니까요."

"몇 달 문 닫고 자네 요리의 절반이라도 될 때까지 연습과 연구만 하려고. 그동안 미안했어."

"……."

"그럼 가도 될까?"

"아뇨."

"……?"

"도움 필요하면 언제든 오세요. 그런 마음이라면 작은 힘이나마 도와드릴게요."

"정말인가? 나 같은 놈을……."

"처음 제가 이 가게 매입할 때 여기 사장님에게 뭐라고 한 줄 아세요?"

"뭐라고 했는데?"

"저 위에 차 사장님 약선이 있으니 함께 잘되면 시너지효과가 나지 않겠냐고 했어요. 사장님 마인드가 싫었던 건 사실이지만 이제 마음도 잡으신 거 같고… 세상 혼자 사는 거 아니잖아요? 저 혼자 이 세상 궁중요리를 독점할 것도 아니니까요."

"이 셰프……."

"목표하신 대로 성취해서 재개업하면 초대장 보내세요. 알았죠?"

"이 셰프……."

"황 할머니 장이 필요하면 언제든 말씀하시고요. 요리하시다 보면 황 할머니의 장이 어떤 가치를 가지고 있는지 아시게 될 겁니다."

"이 셰프……."

차만술, 결국 눈시울을 뜨겁게 적시고 말았다. 진심을 받아준 민규 덕분이었다.

"역시 우리 셰프님……."

주방에서 지켜보던 재희 눈에 자부심이 차올랐다.

"우리 형이야."

목에 힘이 들어가기는 종규도 다르지 않았다.

톡!

엔터키를 눌렀다. 검색어는 '대통령 어머니'였다. 몇 개의 검색창을 거쳐 사진을 확보했다. 木형 체질이었다.

"……?"

체질을 읽던 민규가 다시 리딩을 했다. 金형 체질에서 나올 법한 혼탁이 보인 것이다. 대장이었다. 정확히는 S자 모양으로 꺾이는 부분이었다. 식생활이 문제였다. 간담을 해치는 식품을 선호하면서 병맥이 대장에 맺힌 것이다.

'변비일까? 아니면 대장암?'

조금 더 확인이 필요하지만 전자일 가능성이 높았다. 나이가 연로하여 소소한 혼탁이 많지만 큰 질병은 보이지 않는 까닭이었다. 일단 미뤄두고 사람이 오면 현장 확인을 하기로 했다.

'영부인은 土형……'

체질 리딩은 끝났다.

목형과 토형에 좋은 약선차를 생각했다. 대통령을 낳은 어머니와 대통령과 결혼한 여자. 옛날로 치면 대비마마요, 중전마마가 될 판이었다.

'왕의 음료……'

민규 입가에 미소가 스쳐 갔다. 그거라면 어려울 것도 없었다.

뇌리에 먼 기억이 떠올랐다. 고려시대였다. 수정과는 그때부터 비롯된다. 시작은 궁인이었다. 설날, 곶감과 생강을 끓인 물로 음료를 만들었다. 그 맛이 좋아 새해가 되면 한 그릇씩 마시게 되었다. 민규의 두 번째 전생 권필 역시 그 음료를 숱하게도 만들었다. 권필에 이르러서 수정과는 다양하게 변했다. 지금처럼 생강과 계피 끓인 물에 곶감을 넣는 것만이 아니었다.

유자로도 만들고 석류와 앵두로도 만들었다. 이 내용은 승정원일기에도 전한다. 정약용 때로 내려가면 배와 밤으로 만든 수정과도 나온다. 종류가 다양하지만 대표 선수는 곶감이었다.

고려를 거쳐 조선에 이르는 동안 수정과는 왕의 음료였다. 왕이 마시는 음료는 많았지만 여름이면 제호탕, 겨울이면 수정과가 공식으로 통했다.

그렇다면 수정과는 왜 이토록 열광을 받았을까? 이유를 짚어보면 맛 때문만은 아니었다. 그 요점은 사서삼경의 '서경'에 전한다. 서경에 이르기를, 수정과의 주재료 생강과 계피를 강직한 성품으로 묘사했다.

나아가 인종은 생강을 천지신명과 통하고 더럽고 악한 것을 제거하는 식품으로 보았다. 몸에도 좋고 상징적인 의미도 좋았으니 왕의 음료가 될 수밖에 없었다.

수정과와 쌍벽을 이루는 음료는 제호탕(醍醐湯)이다. 제호라는 말은 불교용어인 제호관정(醍醐灌頂)에서 왔다. 머리에 지혜를 넣어 깨닫게 한다는 뜻이 담겨 있다.

한문이 어렵지만 간단히 말하면 최상급 매실차라고 할 수 있다. 여름에 마시면 더위를 쫓고 갈증을 없애며 위장을 튼튼하게 만든다. 나아가 번뇌가 사라지고 정신이 상쾌해지니 왕의 음료로 불릴 만했다.

'석류……'

영부인을 위한 약선차는 석류수정과로 정했다. 앞서 말했거니와 석류로도 수정과를 만들 수 있었다. 게다가 석류는 갱년기에 좋은 약재. 일거양득이 될 수 있었다.

다음은 제호탕이었다. 이건 영부인의 시어머니용이었다. 하지만 제호탕의 재료는 만만치가 않았다.

—제호탕 레시피
재료: 오매, 사인, 백단향, 초과, 꿀.

오매는 덜 익은 청매실이다. 씨앗을 제거하고 과육을 연기에 훈제해 건조시켜야 한다. 사인은 생강과 비슷한 약재고 백단은 수입산이다. 그럼에도 고급 약재에 속했다. 초과 역시 생강과에 속하지만 수입산 향신료였다. 사향은 모르는 사람이 없을 약재이므로 패스한다.

1) 오매육, 초과, 사인, 백단향을 고운 가루로 빻는다.

2) 도자기나 사기로 된 그릇에 1)의 재료와 꿀을 넣어 섞은 후 은근한 불로 끓인다.

3) 끓인 탕을 고루 저은 후 자기 그릇에 담아 보관하면서 차가운 물에 섞어 마신다.

끓일 때는 중탕으로 끓여도 상관없다. 귀한 사향이 있다면 사향을 첨가해도 좋다. 산림경제에 나오는 레시피에는 사향을 넣고 있기 때문이다.

약선차가 정해지자 서울약령시장의 황창동에게 전화를 걸었다. 백단향과 여타 재료는 그가 보내주기로 했다.

오후 5시.

다시 경호 팀이 보이기 시작했다. 민규는 묵묵히 예약 손님을 치렀다. 영부인이라고 해서 조바심을 내지는 않았다.

8시, 경호 팀의 숫자가 늘었다. 그중 한 사람이 주방으로 와서 영부인의 도착을 알려주었다.

"곧 도착합니다."

그 말에 종규와 재희, 황 할머니까지 얼어붙어 버렸다. 민규가 세 사람에게 초자연수를 내주었으니 마음을 안정시키는 방제수였다.

'왔다.'

7시 55분, 마침내 영부인의 차가 도착했다. 경호 차량이 앞이었고 영부인의 차는 뒤였다. 차가 들어서자 종규가 입구로 뛰었다.

금일 영업 종료.

작은 안내판을 세워 진입로를 막은 것이다.
"오셨습니까?"
민규가 영부인을 맞았다. 시어머니는 조금 늦게 차에서 나왔다.
"어머님, 이분이 궁중요리의 신성 이민규 셰프세요."
영부인이 민규를 소개했다.
"반가워요."
시어머니가 손을 내밀었다. 쓱쓱 세월의 선이 깊이 새겨진 손을 잡았다. 황 할머니와 크게 다르지 않았다. 하지만 굉장히 수척한 얼굴이었다.
"이쪽으로……."
안내는 재희가 맡았다. 경호원들이 정한 내실이었다. 민규의 의견은 야외 테이블이었지만 경호 팀에서 수정 제의를 해 왔다. 크게 중요하지 않으므로 그들의 의견에 따랐다.
"가게가 포근하네요? 그렇죠, 어머님?"
내실로 들어선 영부인이 실내장식을 돌아보며 말했다.
"그러게. 단아하면서도 목가적이네? 약선요리집 분위기로 딱이야."

시어머니도 마음에 드는 눈치였다.

"새팥죽을 드시겠다고요?"

민규가 확인에 들어갔다.

"되나요?"

영부인이 답했다.

"준비하고 있습니다. 다른 거 또 원하는 게 있으시면……."

"아니에요. 어머님은 지금 속이 좀 불편하셔서 병원에 다니고 계세요. 오늘도 그냥 쉬신다는 거 요즘 계속 식사를 못 하시기에 모셔왔어요. 저도 저녁에 과식을 하면 속이 편하질 않고요. 그러니 새팥죽에 약선차 한 잔이면 더 바랄 게 없어요."

"죄송하지만 어머님 병은 대장 쪽이지요?"

"어머, 그것도 알아요?"

민규 말에 영부인이 소스라쳤다. 처음 본 사람의 병을 짚어내는 민규. 영부인에게도 놀라운 일이 아닐 수 없었다.

"약선을 공부하다 보니 작은 질병쯤은 볼 수 있습니다. 혹시 변비인가요?"

리딩으로 확인한 시어머니의 혼탁. 암처럼 사납지 않았다. 암이 아니라면 똥 덩어리로 생각할 수밖에 없었다.

"어머, 변비 맞아요. 하지만 아주 특별한 변비라서 어머님께서 모진 고생을 하고 계세요."

"혹시 설사약 처방을 받으셨나요?"

"내일 받을 예정이에요. 어머님 대장을 막은 대변 덩어리가 너무 크고 단단해서 생검겸자와 악어입 모양의 집게까지 동원해서 분쇄하려고 했지만 모두 실패했다고 해요. 내시경 끝으로 밀어서 항문 끝으로 빼내려는 시도도 실패하고요. 하필이면 그게 S자 구불창자 쪽이라서 애를 먹인다네요."

"……."

"이게 크기가 무려 5㎝라고 해요. 어제도 대장내시경 할 때 쓰는 대장 정결액까지 먹고 밀어내기를 시도했는데 그 자리에서 꿈쩍도……."

"그래도 설사약 처방은 무리입니다. 한의서에서 배운 바로는 연로하신 분에게 설사약을 쓰면……."

자칫하면 북망산행 티켓 예약.

그 말은 차마 하지 못했다. 다른 사람이라도 조심스러울 판에 대통령의 어머니가 아닌가?

"그렇잖아도 이 셰프님께 여쭤보려고 했는데… 혹시 약선요리로 이런 변비도 해결이 되나요? 어머님께서 너무 힘들어하셔서……."

"저한테 한번 맡겨보시겠습니까?"

"되는군요?"

"어려운 걸음 하셨고… 게다가 저렇게 힘들어 보이시니 천하일미인들 맛이 있겠습니까? 막힌 구멍을 시원하게 뚫고 식사를 하셔야 진액이 되고 정기가 되지요."

"그거야 어머님의 소망이지만······."

"죽이 나오기 전에 뚫어드리겠습니다."

민규가 돌아섰다.

S자 구불창자에서 딱 걸려 버린 대변 덩어리. 구조상 들썩들썩을 반복하면서 단단하게 다져졌다. 한방식 처방이라면 느릅나무, 복숭아잎, 참기름을 동원할 수 있었다. 느릅나무 뿌리의 껍질을 달여 마시면 좋다. 그늘에서 말린 복숭아 잎 역시 가루를 내어 물에 타거나 나물 등에 뿌려 무쳐 먹으면 변비가 치료된다. 금방 짠 참기름 한 홉을 마시는 것도 좋은 방법이었다.

―순류수, 한천수, 급류수.

민규의 선택은 초자연수였다. 변비에 즉빵인 3총사 세트였다. 한약적 처방도 좋지만 시간이 걸릴 수 있는 까닭이었다. 양은 조금 많았다. 보통 잔의 두 배를 준비했다. 변비 덩어리와 비교하니 그 정도가 필요했다.

"이걸 마시십시오. 변비용 약수인데 다 마시면 신호가 올 겁니다."

민규가 물 세 잔을 세팅해 주었다.

"약수라고요?"

시어머니가 물잔을 바라보았다. 무지개처럼 영롱한 잔에 담겨 나온 초자연수 3종 세트. 시어머니의 마음을 사로잡았다.

"이 셰프님."

영부인이 민규를 바라보았다. 걱정이 앞선 눈빛이었다.

"저를 한번 믿어보시기 바랍니다."

민규가 조용한 미소로 영부인을 안심시켰다.

시어머니가 물을 마시기 시작했다. 첫 모금을 넘기더니 인상이 편안해졌다. 이상한 맛이 아니었다. 첫 잔들을 다 비워내자 다음 잔이 준비되었다. 순류수를 비우고 한천수를 비우고 급류수를 절반쯤 마셨을 때였다.

"으응?"

시어머니가 배를 내려다보았다.

"어머님."

"배가……."

"아프세요?"

"꿀렁꿀렁… 신호가 오는데?"

"남은 물을 다 마셔야 합니다."

민규가 끼어들었다. 시어머니의 혼탁 때문이었다. 대장 부근의 덩어리가 흔들리지만 그 요동은 크지 않았다. 시어머니, 호흡을 고르더니 남은 물을 다 비워냈다.

"아유!"

그러더니 배를 잡고 웅크리는 시어머니.

"어머님!"

"배가 이상하네. 마치 심장이 거기로 내려간 거 같아."

"이 셰프님."

"화장실로 모시겠습니다, 재희야."

민규가 재희를 불렀다. 하지만 재희가 오기 전에 여자 경호원이 먼저였다. 그녀가 시어머니를 부축해 화장실로 향했다.

"어머님……."

영부인도 그 뒤를 따랐다.

잠시 후, 화장실 안에서 과격한 신음이 새어 나왔다. 억, 윽, 아휴, 끄응, 끙차, 하우… 신음은 다종다양했다. 그러다가 결국 비명이 터져 나왔다.

"아이고, 아이고!"

"어머님!"

놀란 영부인이 화장실 문을 열어버렸다. 그녀의 눈에 시어머니가 들어왔다. 비데 위였다. 그 안을 바라보던 시어머니가 영부인과 눈이 마주쳤다.

"어머님."

"나왔어."

시어머니의 말은 간단했다.

"괜찮으세요?"

"나왔다고. 대장을 가로막고 있다던 그 덩어리."

시어머니가 변기 안을 가리켰다. 주먹만 한 덩어리가 녹아 나온 잔해는 어마무시한 위용이었다.

"시원해. 속이 다 시원해."

시어머니의 이마에는 식은땀이 송글하지만 얼굴에는 화색

이 돌았다.

—마비탕, 열탕, 생숙탕.

잠시 후에 비로소 전채 초자연수가 나왔다. 세 자연수는 변을 밀어내느라 소진된 음양기혈의 조화를 위한 구성이었다. 열탕에 이어 생숙탕까지 들어가자 시어머니는 서서히 안정을 찾았다.

"세상에, 아주 감쪽같네. 류 박사보다 용해."

시어머니는 배를 쓸어내렸다. 표정은 대만족이었다. 영부인 역시 얼굴이 활짝 피었다. 큰 고민 하나를 지워 버리는 고부간.

뒤를 이어 새팥죽이 나왔다. 마침 팥죽은 목형의 시어머니에게 맞춤한 식재료였다. 그 단아한 색감과 은은한 신선의 맛에 반한 시어머니는 한 그릇하고도 반을 더 비워냈다. 막힌 곳이 뚫렸기에 속이 편해진 덕분이었다.

"옛날에는 식의가 약선으로 병을 치료했다더니 허풍이 아니었네. 하지만 현대에서도 이런 일이 가능하다니… 봐라. 내가 좋은 옛것은 잘 살려서 보존해야 한다고 했지?"

시어머니가 영부인에게 말했다.

"예. 명심하겠습니다."

영부인의 대답은 더없이 밝았다.

"약선차 올리겠습니다."

식사가 끝나자 마무리 차를 내왔다. 곁들임으로 궁중앵두정과와 녹차정과를 냈다. 붉은 석류가 들어앉은 녹차정과의 초록은 우아의 끝판왕. 아련하게 붉은 앵두정과의 색감 또한 첫날밤의 연지 곤지처럼 더없이 고왔다.

그 접시 끝에 두 마리의 나비가 내려앉았다. 앵두정과에는 노랑나비였고 녹차정과에는 흰나비였다.

"세상에!"

시어머니가 손을 내밀자 나비가 하르르 날아올랐다. 그녀의 피로감도 나비와 함께 날아갔다.

영부인은 수정과, 시어머니는 제호탕. 질박한 잔에서 피어오르는 다향은 갈수록 진해졌다.

"이건 뭐죠? 색감이 기막히네요."

영부인이 녹차정과를 가리켰다.

"석류를 넣은 녹차정과입니다. 색감도 좋지만 식감도 좋고 건강에도 좋지요."

"이 또한 궁중요리겠죠?"

"예, 궁중녹차정과입니다. 안에 들어가는 과일은 그때그때 바꿀 수 있으니 살구를 넣으면 은은한 오렌지빛을 품고, 오디를 넣으면 자색빛을 품게 됩니다."

"옛날 요리를 보면 '정과'라는 말이 많이 나오던데 어떤 의미인가요? 가끔 외국사절들을 접대하다 보면 그런 질문이 나와요."

"전통 과자와 음료 중에서 과일이 들어가는 것을 정과(正果)라고 부릅니다."

"아, 포인트는 과일이었군요?"

"그렇습니다."

"그럼 제 차는 석류정과인가요?"

"예, 석류수정과로 보시면 됩니다."

"어머니 차는요? 아주 푸근한 향이 나는데?"

"제호탕입니다. 둘 다 과거에는 왕의 음료로 불렸고 그 안에
는 공통적으로 생강이 들어가지요. 과거에는 생강을 더럽고
악한 것을 없애주는 재료로 생각한 까닭입니다."

"생강에 그런 의미가 있었군요?"

"인종께서 직접 언급하신 말입니다. 천지신명과도 통한다고
하더군요."

"어머, 그럼 제호탕을 먹으면……?"

"제호탕은 몸에도 좋지만 정신 건강에 더 좋은 차입니다.
'제호'라는 이름에는 머리에 지혜를 넣어 깨닫게 한다는 뜻이
들어 있습니다. 하여 과거 궁중은 물론이고 이 차를 하사받은
신하들은 임금의 은혜와 맛에 대해 찬사를 그치지 않았습니
다."

민규가 시 한 편을 꺼내 보였다.

년년척서태의방(年年滌暑太醫方),

백련오매백밀탕(百煉烏梅白蜜湯),

배사궁은여관정(拜賜宮恩如灌頂).

선향불양오운장(仙香不讓五雲漿).

매해 더위를 씻어주는 어의의 처방.

오매와 좋은 꿀을 백 번 달여 만든 탕.

절하며 받은 임금의 은혜가 정수리에 물을 부은 듯하고.

기묘한 향기는 좋은 술 못지않구나.

"시조 한 편에 모든 게 들어 있군요. 또 다른 것도 있나요?"

"오성과 한음의 이야기에도 제호탕이 나옵니다."

"오성과 한음?"

"한음 이덕형이 영의정으로 국사를 돌볼 때였습니다. 임진왜란 이후 창덕궁 재건 사업으로 정신없이 바빠 대궐 가까운 곳에 작은 거처를 정하고 소실을 두어 수발을 들게 했습니다. 어느 더운 여름날, 더위에 지친 이덕형이 귀가하자 소실이 제호탕을 준비해 주었다고 합니다. 이덕형은 기특한 소실을 바라보다가 그대로 집을 나간 후 소실에게 발을 끊었다고 합니다."

"발을 끊어요? 기특하게 보았다면서요?"

"기특하기 때문에 발을 끊었다더군요. 자신을 위하는 소실의 애틋한 마음을 알기에 자칫 그 치마폭에 빠져 위급한 나랏일에 소홀해질까 두려웠던 거죠. 그 후에 소실이 먹고살 만한 재산을 내주고 다시는 보지 않았다는 말이 있습니다."

"제호탕을 보기만 하고도 나랏일에 정신이 번쩍 든 셈이네요?"

"그렇군요."

"어머님, 들으셨죠? 천천히 드시고 대통령께 정신이 번쩍 드는 말씀 많이 나눠주세요."

영부인이 시어머니를 바라보았다.

"그럼 나는 이 차 안 마시려네."

이야기를 들은 시어머니가 차를 밀어냈다.

"왜요? 속이 또 편찮으세요?"

"아니야. 그렇게 좋은 차라면 대통령이 마셔야지."

"걱정 마시고 드십시오. 가시는 길에 제가 따로 몇 잔 포장해 드리겠습니다."

민규가 웃었다. 시어머니는 그제야 찻잔을 집어 들었다.

"좋다, 좋아… 진짜 머리가 확 맑아지는 것 같네?"

시어머니는 연신 찬사를 쏟아냈다. 마시면 장수하고, 중풍과 팔다리 저림까지 밀어내는 국화수로 끓여냈으니 제호탕 중에서도 최상급인 까닭이었다.

몸이 가뜬해지기는 영부인도 다르지 않았다. 석류수정과 역시 영부인의 마음을 사로잡고도 남았다.

"차 한 잔도 기품부터 다르네요. 내가 초의선사의 다풍부터 장광 거사님, 사찰 스님들에 박세가 선생님의 차까지 마셔봤지만 이렇게 은은하고 우아하기는 처음이네요."

영부인이 웃었다.

"고맙습니다."

"그래서 말인데요, 좀 생뚱맞은 요청 같은데 마침 어머님 속
도 좋아지셨으니 만두를 좀 맛볼 수 있을까요? 가장 오래된
방식으로 말이에요."

"가능하기는 합니다만."

"그럼 부탁해요. 많이 하지 마시고 그냥 맛만 보여주세요.
배는 이미 부르거든요."

"알겠습니다."

민규가 요청을 받았다.

만두.

궁중요리로서의 만두는 한두 가지가 아니었다. 생치만두,
황육만두, 어만두, 동아만두, 생합만두에 천엽만두까지 나온
다.

소 재료를 생각하던 민규가 고개를 저었다. 영부인의 옵션
때문이었다.

가장 오래된 만두.

그렇다면 고려시대의 만두였다. 거기서 유래된 만두가 상
화(床花)였다. 고려대에는 쌍화(雙花)로 나온다.

─쌍화점(雙花店)에 쌍화(雙花) 사라 가고신된 휘휘(回回)아비 내
손모글 주여이다.

고려가요 쌍화점을 떠올렸다. 만두 가게에 만두를 사러 간 고려 여인이 나온다. 회회아비는 고려에 사는 몽골인. 여기서 파는 만두 쌍화를 고려에서는 '쌍하'라고 불렀다. 나라에서 팔 관회를 열 때 왕에게 쌍하를 바쳤다. 그러나 레시피는 전하지 않는다.

하지만 권필에게는 그리 어려운 일이 아니었다. 그는 고려 말의 여러 왕에게 쌍화를 바쳤다. 그 종류는 두 가지였다.

마음을 정한 민규가 소를 채울 재료를 정했다. 싱싱한 채소들이었다.

"……?"

지켜보던 재희의 눈빛이 흔들렸다. 영부인이 원한 건 만두였다. 그런데 지금 민규가 만드는 건 두 가지였다. 하나는 만두인데 또 하나는 아무것도 들어 있지 않은 '그냥' 반죽 덩어리…….

실수인가?

참견하고 싶었지만 상대는 민규. 그가 실수를 할 리 없었다.

민규 손은 정갈하게 움직였다. 만두 모양은 복주머니를 오므리듯 분위기를 살렸다. 술로 발효시킨 반죽에 각종 채소 소를 넣은 '만두' 세 개. 아무 소도 넣지 않은 세 개. 만두는 대나무통에 담겨 찜통에 들어갔다.

콩 심은 데 콩 나고 팥 심은 데 팥 난다. 민규가 꺼내놓은 만두는 두 가지였다.

"오래 기다리셨습니다."

만두가 나왔다. 작은 크기의 여섯 개였다. 연꽃을 오려 만든 장식물이 소박함을 더하는 세팅이었다.

"이게 가장 오래된 형식의 만두인가요?"

영부인이 물었다.

"예."

"어머님, 드셔보세요. 다른 곳에서 먹기 힘든 요리입니다."

영부인이 두 가지 만두를 하나씩 담아 시어머니에게 건네주었다. 그런 다음 그 자신도 만두를 집어 들었다.

"……!"

첫 만두에서 영부인의 입이 멈췄다. 뭔가 이상한지 절반 남은 만두를 들여다보는 영부인.

"셰프……."

영부인이 민규를 바라보았다. 그 안에는 아무것도 들어 있지 않았다.

"옆의 것도 맛을 보시죠."

민규가 다른 만두를 가리켰다. 영부인이 깨무니 그 안에는 푸근한 채소 소가 푸짐하게 들어 있었다.

"고려대의 쌍화입니다."

민규의 설명이 이어졌다.

"고려의 만두라고요?"

"고려의 만두는 두 가지였습니다. 하나는 채소 소를 넣어 만든 것, 또 하나는 아무것도 넣지 않고 쪄낸 것. 물론 나중에는 이 아무것도 넣지 않은 만두에 팥소가 들어가기도 하지요."

"……?"

"만두는 원래 고려의 식품이 아니었습니다. '쌍화점'이라는 고려가요에도 나타나듯이 쌍화점이라는 만두 가게는 몽골인이 하고 있었죠. 금나라에도 유사한 기록이 나오는데 발효시킨 반죽에 채소 소를 넣거나 넣지 않거나입니다. 초기에는 그런 형식으로 고려에 들어와 조금씩 발전하기 시작했으니 조선의 성종대에 이르면 만두 속에 만두를 넣는 보만두까지 출현하게 됩니다."

"셰프."

"영부인님께서 가장 오래된 만두를 원하시기에 초기의 쌍화에 따랐습니다. 따라서 소박하고 질박한 맛만 살리고 금박도 두르지 않았습니다. 고기가 없는 것도 영접도감의궤에 나오는 쌍화의 레시피에 고기가 없기 때문입니다. 물론 그 후로는 우리 민족의 창의성이 가미되어 소고기, 꿩고기 등의 소를 넣은 요리로 발전하게 되지요."

짝짝!

민규의 거침없는 설명.

영부인에게서 박수가 나왔다.

"대단하네요. 오기 전에 공부를 좀 했는데 틀림이 없어요. 게다가 이 향긋한 맛이라니… 아무것도 들지 않은 쌍화 또한 담담한 맛이 일품이에요. 만두가 아니라 두 가지 꽃을 먹었달까요? 그래서 쌍화일까요?"

"만족해하시니 만든 보람을 느낍니다."

"실은… 만두는 제가 의도가 있어서 주문한 거예요."

'의도?'

민규가 고개를 들었다. 쌍화의 주문은 그녀의 테스트였던 모양이었다.

"박세가 선생님과 통화를 했어요."

"……."

"그분이 그러더군요. 앞으로 궁중요리나 전통요리에 있어서 이 셰프의 감수나 도움을 받으면 좋겠다고……."

"제가 감히……."

"아니에요. 사실 그분을 좀 아는데 웬만한 사람은 인정 안 하거든요. 게다가 저도 전통요리에 있어 완전한 까막눈은 아니랍니다."

"예……."

"어때요? 앞으로 저 좀 도와주실래요? 청와대도 그렇고 해외순방 나갈 때도 한국 전통요리 때문에 애를 먹을 때가 많아요. 아시다시피 한국이 IT나 전자기기, 한류와 K—POP 같은 분야에서는 잘나가고 있는데 요리는 아직이에요. 타국 퍼스트 레이디들과 환담을 하다가 요리 이야기가 나오면 찬란한 5천 년 문화에 죄를 짓는 기분이 들 때가 많답니다."

"예……."

"게다가 맛 문제가 있어요. 한국적인 요리에 관심을 보이던 외국사절들도 대개 호기심으로 접근하는 경우가 많거든요. 저는 그게 아쉬웠어요. 한번 먹으면 잊지 못하는 한국 요리. 한국이라는 나라에 대한 호기심이 아니라 미각이 당기는 요리 말이에요. 지난 시절 한식 세계화 사업을 한다고 나섰다가 흐지부지되는 바람에 비슷한 사업은 할 수 없게 되었지만 외국사절들에게라도 잊지 못할 한국 요리를 보여주고 싶답니다."

"그거라면 이미 참여하고 있는 분이 많이 있지 않습니까?"

민규가 겸손히 답했다. 각국 정상들이 왔을 때, 혹은 귀빈을 초대했을 때 한식 요리로 불려 가는 셰프들이 있었다. 그들은 때로 청와대로 불려 가기도 하고 또 때로는 자신이 근무하는 호텔이나 식당에서 귀빈을 맞이했던 것.

"그분들도 훌륭하죠. 지금까지는 주로 박세가 선생님 아니면 사찰요리 전문가들이 도와주었어요. 크게 부족한 점도 몰랐죠. 그러다 지난번에 남북문제 지원 요청차 중국에 갔다가 생각이 바뀌었어요. 그때 댜오이타이에서 우리 부부를 접대한 중국 정통요리 셰프, 이름이 허우밍이라고 했는데 나이가 고작 만 22살이었어요."

'22살?'

민규 미간이 확 좁혀졌다.

22살.

세계 3대 요리 강국으로 꼽히는 중국이었다. 성도마다 내놓
으라 하는 요리사들이 즐비한 마당에 22살 셰프라니? 게다가
국빈만 접대하는 댜오이타이에서?

"동시통역자 말로는 요리의 천재라더군요. 뉴욕과 파리에서
도 한 2년씩 있었다고 해요. 그 2년 만에 그가 있던 레스토랑
에서 최고의 셰프 자리에 올랐다고."

"……."

"중국요리를 즐기는 편은 아니지만 만두와 잡채 등이 입맛
에 잘 맞았어요. 하지만 그쪽 관계자 말에 속이 상했죠. 한국
이 중국에 앞섰던 것들이 많았지만 요리만은 중국이 자리를
내준 적이 없다고 힘을 주더군요. 그때 깨달았어요. 제 생각
이 너무 경직되어 있다는 것. 요리가 나이 먹은 사람들의 전
유물도 아닌데 궁중요리의 활로를 원로 권위자에게만 기댔던
거예요."

"……."

"그래서 김선달 프로그램에 참여했어요. 박세가 선생의 초
대가 있었지만 실은 이 셰프를 보러 간 거였지요."

"……?"

민규 뇌리에 텅 하는 공명음이 울렸다.

영부인.

나를 보러 온 거였다고?

박세가가 아니라?

"오늘 다시 보니 그날의 일들이 우연은 아니었군요. 하긴 우연으로야 박세가 선생을 넘을 수 없고 거기 심사단으로 나왔던 쟁쟁한 궁중요리 전문가들 앞에 당당할 수 없었겠죠."

"······."

"어때요? 이 셰프라면 댜오이타이의 그 중국 요리사 못지않게 외국 정상과 국빈들에게 한국 요리를 강렬하게 새겨줄 것 같은데요. 오늘 우리 어머님이 마신 제호탕처럼 정신이 번쩍 들도록 말이에요."

"······."

정신!

제호탕을 마시지 않은 민규도 정신이 번쩍 들었다.

요리사들의 꿈··· 대개는 몇 가지로 압축된다.

—별 세 개 미슐랭 식당 오너 셰프.

—오성호텔의 수석 셰프.

—각국 정상들의 국빈 만찬 주관 셰프.

—세계 최고 항공사의 퍼스트 클래스 기내식 셰프.

—최고 인기 프로그램의 테이블 장식 요리 셰프.

민규 역시 그런 마음이 있었다. 남북 정상이 청와대에서 만찬을 할 때 상상으로 그 상을 차려내던 민규··· 청와대 국빈 만찬이나 요리 주관 셰프 역시 미슐랭 별 못지않게 많은 요리사들의 꿈이었다. 먼 안드로메다의 일 같았던 일이 사정권에 들어왔다. 영부인의 콜이 나온 것이다.

"어머님, 제 생각 어때요? 우리 이 셰프… 이 정도면 최고 아닌가요?"

영부인이 확인에 들어갔다.

"그런 것 같네. 어느 요리사가 솜씨가 좋은지는 죽을 먹어 보면 알지. 죽을 제대로 못 쑤는 사람은 다른 요리도 볼 거 없어."

시어머니의 공감에는 주저가 없었다.

"들으셨죠? 저희 어머님도 음식 솜씨가 굉장했던 분이세요. 그런 분께서 두말없이 찬성하시는 건 이 셰프님의 요리가 그만한 경지에 올랐다는 거죠."

"……."

"부탁을 드려도 될까요?"

부탁, 부탁, 부탁.

달콤한 단어가 민규 청각을 밀고 들어왔다. 두 전생에게는 일상이었을 일. 왕을 모시고, 사신을 모시고, 왕족들의 건강을 책임지던 그들이었다. 세월이 바뀌었다지만 과거로 치면 왕. 궁중요리를 하는 바에야 왕의 성찬을, 사신들의 만찬을 차리지 못할 이유가 없었다.

"그런 의미시라면… 제 능력이 허용되는 선까지 열심히 돕

졌습니다."

민규가 콜을 받았다.

"고마워요."

영부인이 웃었다. 계산은 수행원이 대신했다. 시어머니는 쌈
짓돈을 보태놓았다.

"아닙니다. 이미 계산되었습니다."

민규가 사양했지만……

"무슨 소리야? 내 변비도 시원하게 고치고, 맛 좋은 죽에,
머리에 총기가 드는 제호탕까지. 그러니 넣어둬요. 팁이 아니
고 금일봉이야."

"……"

"받으세요. 어머님이 무안하세요."

민규가 주저하자 영부인이 거들고 나섰다. 별수 없이 봉투
를 받아 들었다.

"안녕히 가십시오."

민규와 종규, 재희와 황 할머니까지 나와 배웅을 했다. 차
는 긴 꼬리 불을 남기고 멀어졌다.

"우와, 끝났다."

종규가 벽에 기대 한숨을 쉬었다. 영부인 접대라고 긴장 좀
한 모양이었다.

"셰프님, 너무 멋져요."

재희는 작은 박수로 민규를 띄웠다.

"형, 얼마 들었어?"

정신을 차린 종규가 금일봉을 넘보았다.

"왜? 염불보다 잿밥이냐?"

"누가 그렇대? 궁금해서 그러지."

"그래. 얼른 열어봐. 나도 궁금하네. 대통령 어머니 배포는 얼마나 큰지……."

황 할머니도 덩달아 고개를 빼 들었다.

"우와!"

봉투가 열리자 종규 눈이 휘둥그레졌다. 안에 든 돈은 100만 원이었다.

"에이, 고작 100만 원… 난 또 한 몇 억 넣은 줄 알았네."

황 할머니가 웃었다.

"뭐가 고작이에요? 대통령 어머니가 주신 돈이잖아요?"

종규가 봉투를 가슴에 품었다.

"형, 이 돈. 우리 가보로 삼자."

"대통령 어머니가 주신 거라서?"

"응."

"그럼 나중에 대통령께서 금일봉을 내리면?"

"그때는 가보가 두 개 되는 거지."

종규가 사악하게 웃었다.

"가보는 하나면 되는 거다."

민규가 돈을 꺼냈다. 그걸 나눠 재희와 황 할머니 품에 안겨주었다.

"셰프님……."

"집에 가서 자랑해. 원래 꽁돈은 나눠 가지는 거고 영부인 모시느라 고생한 보너스야. 알았으면 집으로!"

민규가 재희와 할머니의 등을 밀었다.

"아이고, 고마워, 민규. 나도 이 돈 가보로 삼을 테야."

"저도요. 고맙습니다, 셰프님!"

할머니와 재희, 환한 표정으로 마당을 나갔다.

"섭섭하냐?"

민규가 종규를 바라보았다.

"아니, 역시 우리 형."

종규가 민규를 번쩍 들어 올렸다.

"야, 안 내려놔? 이러다 다친다?"

"아이고, 걱정 마셔. 나 이래 뵈도 힘 좀 쓰거든."

종규가 민규를 안은 채 한 바퀴를 돌았다. 그 원을 따라 별 빛이 쏟아졌다.

오늘도 좋은 날.

초빛의 하루가 황금빛으로 저물어갔다.

일요일 저녁, 마지막 손님의 요리가 끝나갈 무렵에 손님이 찾아왔다.

"어, 선생님?"

민규 눈이 휘둥그레졌다. 주수길이었다. 얼마 전에 길 박사와 함께 와 손 떨림을 고치고 간 그 신경외과 전문의……

"바쁘시죠?"

그가 겸손히 물었다.

"이제 막 마지막 테이블을 끝냈습니다만, 식사하시게요?"

"아닙니다. 그냥 지나가는 길에……."

주수길이 손을 저었다. 하지만 그냥은 아닌 것 같았다. 혹시 수전증이 다시 재발한 걸까? 의식적으로 체질 창을 보았다. 손과 사타구니의 혼탁은 거의 보이지 않았다. 그렇다면 손 문제는 아닌 것.

"앉으세요. 차 한 잔 드리겠습니다."

일단 야외 테이블에 앉혔다. 예약 손님만 손님인 건 아니었다.

"무슨 하실 말씀이라도?"

수정과를 내주며 물었다. 바쁜 의사가 그냥 올 리는 만무했다.

"우선 이거요."

주수길이 작은 포장을 내밀었다.

"뭐죠?"

"우리 집사람이 보내는 선물입니다. 직접 찾아뵙고 인사한다는 거, 셰프님 바쁘시다고 제가 말렸습니다."

포장을 풀어보니 주방용 칼이었다. 굉장히 좋은 일제였다.

"우와."

감탄이 나왔다. 대충 산 게 아니라 제대로 알아보고 산 칼이었다.

"마음에 드세요? 저는 칼을 샀다길래 핀잔을 줬는데……."

"아닙니다. 요리사에게 칼만 한 선물이 있나요? 셰프라면 다 가지고 싶어 하는 브랜드네요. 이게 일 년에 몇 자루 안 나오는 명인의 것이거든요."

"그럼 다행이네요."

"손은 어떠세요? 제가 보기엔 괜찮을 것 같은데……."

"괜찮습니다. 그 후로 수술을 20건도 넘게 했는데 전혀 문제가 없었어요."

주수길이 환하게 웃었다. 이제는 자신감이 충만한 얼굴이었다.

"좋은 소식이네요. 선생님 같은 명의시라면 더 많은 사람을 치료해야 할 테니까요."

"명의라니 가당치도 않습니다. 한때는 그런 오만을 가진 적도 있지만……."

주수길의 표정이 겸허하게 변했다. 차를 한 모금 넘긴 그가 말을 이어놓았다.

"손 떨림 후에 많은 걸 느꼈습니다. 명의와 돌팔이의 차이는 종이 한 장 차이라는 거. 제가 수전증을 앓는 사이에 수술을 받은 분들에게는 돌팔이가 아니었겠습니까? 비록 중요한 수술은 다른 닥터에게 맡기긴 했지만……."

"너무 자책 마세요. 이제 더 열심히 환자들을 돌보면 되지요."

"셰프님은 정말 차원이 다르군요. 나이로 치면 우리 병원 수련의들 정도인데 인품은 흔들림 없이 노련한 명의를 보는 것만 같습니다."

"명의라니요? 말도 안 됩니다."

"그럼 누가 명의입니까? 면허라는 건 사회의 시스템일 뿐이지, 치료의 궁극은 결국 병을 낫게 하는 것 아니겠습니까?"

"……."

"제 손 낫게 해줬다고 아부하는 거 아닙니다. 그 후로도 길박사님께 말씀 많이 들었습니다. 우리 병원에서 진전이 없는 환자들을 한 방에 낫게 해주고, 아니면 기력 회복으로 치료에 기여… 처음에는 귀에 들어오지도 않았지만 제가 경험하고 보니 쏙쏙 꽂혀오더군요."

"약선이라는 게 그렇지 않습니까? 결국 병원의 역할도 줄여서 말하면 잘 먹고 잘 배출하게 하는 데 있는 것이니 완쾌 기준도 그쪽이겠지요. 그렇기에 음식으로써 도움을 주고 있을 뿐입니다."

"옳은 말씀이군요. 병원의 역할, 의사의 역할… 결국은 잘 먹고 잘 소화되게 해서 오장육부가 잘 돌아가게 하는 게 맞습니다. 의사들이 거창한 슬로건을 내걸고 있지만 본질은……."

"……."

"여기 와서 많은 걸 배운 것 같습니다. 의사의 기본자세부터 질병을 대하는 태도까지……."

"……."

"셰프님 혹시 'MND'라는 질병을 아십니까?"

"MND요?"

"MND는 Motor Neuron Disease라고 일종의 근육병입니다. 간단하게 보면 제 손 떨림과 아주 먼 병은 아니지요."

"예……."

"이런 말씀을 드리기 그렇지만 제 환자 중에 MND를 앓는 청년이 있습니다."

"……."

"고1 때 저를 찾아왔었는데 이제 26살이니 거의 10여 년 동안 관리를 했군요."

"……."

"처음 증상은 저랑 비슷했습니다. 오른쪽 손가락을 시작으로 팔과 어깨의 경련… 그러다 근육량이 줄어들면서 장애 증상이 확연히 드러나기 시작했지요. 처음에는 ALS(Amyotophic Lateral Sclerosis)로 보았어요. 이 병은 주로 중년 시기에 몸의 한 부분에서 시작해 결국은 몸의 모든 근육에 장애를 야기하는 질환입니다. 종국에는 호흡 근육의 마비가 오면서 인공호흡기에 의존하다가 합병증으로 사망하게 되는 치명적인 난치병입니다."

"……."

"다행히 이 청년은 ALS는 아니고 MND라서 양성 국소성 근위축. 전신 진행은 없을 듯하지만 팔을 자유롭게 사용하지 못하는 데다 외형상으로도 흉측하니 그 고통이 말로 못 할 지경입니다."

주수길이 또 차를 마셨다. 하지만 차가 없었다. 그새 바닥을 보인 것. 민규가 새 찻잔을 내주었다.

"고맙습니다."

인사를 한 주수길이 말을 이어갔다.

"작년에 제가 그 청년의 팔에 실리콘 성형을 해주었습니다. 보기에 흉한 부분을 가려준 거죠. 다행히 미세수술은 아니라서 손 떨림에도 불구하고 외관은 괜찮게 마감이 되었습니다. 그런데 이 청년이 어제 자살을 하려다 미수에 그쳐 우리 병원에 실려왔네요."

'자살?'

"26살 젊은 청년… 머리도 뛰어나고 다리도 정상인데 손이 자유롭게 작동하지 않습니다. 더러는 루게릭병으로도 빛나는 삶을 살다 간 호킹 같은 분의 이야기를 들려주지만 위안이 될리 없지요. 그렇잖아도 당시 떨리는 손으로 수술을 해준 게 미안해서 만나보았는데 문득 셰프님 생각이 났습니다."

"……."

"그길로 길 박사님과 상의를 했지요. 그랬더니 박사님이 그러시네요. 마음을 먹었으면 이 셰프에게 물어보지 왜 자기를 찾아왔냐고."

"……."

"난치병을 가졌지만 생각은 바른 청년입니다. 하지만 오랜 투병으로 경제적으로 어려워요. 마침 척수성 근위축 같은 병은 치료제가 나왔습니다. 대안으로 시도해 볼 가치가 있기는 한데 약값이 천문학적입니다. 청년에게는 꿈같은 일이니 좌절감이 더 심했겠지요."

"……."

"청년이 통장을 보여주더군요. 어머니 아버지가 다 돌아가신 다음 남은 유산은 치료비로 야금야금 날리고 남은 잔고가 66만 8천 원이더군요. 하필 이번 MRI와 검사 비용이 66만 원이었는데 저도 당하고 보니 그 마음을 알 것 같아 제가 대신 내주긴 했습니다만……."

"좋은 일 하셨네요."

"죄송하지만 한번 봐주실 수 있겠습니까?"

"MND… 근육병이라는 거군요?"

"정확히 말하면 운동신경 질환쯤 됩니다. 현대 의학식으로 운동을 설명하면, 몸의 특정 부분에 움직여라 하는 명령을 내리면 뇌에서 척수로 신호가 전달됩니다. 이 신호는 척수 안의 전각세포에 접속되는데 여기서 뻗어나간 축삭(신경 돌기)이 신호를 받아 근육을 움직이게 됩니다. MND는 이 신경다발의 문제입니다. 감각신경에 이상이 없지만 운동신경세포가 작용을 못 하므로 근위축이 오는 겁니다."

"……"

"ALS도 MND에 속합니다만, 청년의 경우는 10대에 증상이 발현되었고 10여 년간 생존하고 있으므로 국소성 근위축이 맞습니다. ALS나 척수성 근위축은 벗어났으니 그나마 다행이라면 다행이죠."

"……"

"저 혼자 편리한 대로 생각해 보니 제 손의 문제보다 조금 심각한 문제가 아닐까? 그렇다면 셰프님의 약선으로 완치까지는 몰라도 호전이 된다면… 그래서 그 호전을 유지할 수 있는 약선으로 일상생활을 할 수 있다면……."

주수길의 목소리가 나른하게 흐려졌다.

척수.

골수(骨髓)다.

뼛속에 있다.

뇌와 등뼈 속의 척수도 결국은 골수가 모여서 형성된 것.

뼈의 건강은 신장이 좌우한다. 신장이 상하면 골수가 부족해지는 병이 생긴다. 척수 역시 골수가 모인 것이기에 골수 치료 쪽에서 해법을 찾아볼 수 있었다. 그러나 쉽지는 않다. 골수를 채우는 기는 음식물 중에서도 가장 좋은 기가 모여 형성

되기 때문이었다.

"일단 만나보죠."

호랑이를 만나려면 호랑이 굴로 가야 하듯 약선 치료 역시 사람을 봐야 했다.

"셰프님!"

민규의 답에 주수길의 표정이 환하게 펴졌다.

"언제 시간이 되시나요? 말씀만 하시면 제가 데려오겠습니다."

"지금 병원에 있다면서요?"

"예, 하지만 곧 퇴원합니다. 어차피 병원에서 치료될 병이 아니거든요."

"그럼 내일 모셔 오세요. 제가 쉬는 날이라 예약이 없거든요."

"쉬는 날이면 너무 민폐인데 다른 날을 지정해 주시면……."

"지방에 가서 식재료를 사야 하긴 하지만 그 환자에게는 하루하루가 지옥 같을걸요? 식재료보다 먼저 지옥 탈출을 돕는 게 도리겠지요."

종규 생각을 했다. 폐동맥 고혈압으로 시들어가던 목숨. 청년도 다를 게 무엇일까? 더구나 혼자라니 짠한 생각이 들었다.

"그럼 시간은?"

"아무 때나 상관없습니다."

"비용은 얼마나 될까요?"

"전 재산이 66만 원이라면서요?"

"예… 하지만 정부에서 매달 조금씩 지원은 하고 있는 모양입니다."

"저는 6만 원이면 됩니다. 만약 치료가 가능하다면요."

"6만 원이라고요?"

"60만 원은 가지고 있어야 할 것 아닙니까. 다 뺏으면 그분은 뭘로 살까요?"

"셰프님."

주수길의 목이 턱 메어왔다. 흔쾌한 확답도 고마운데 돈에 연연하지 않는 민규. 입원에 수술이라도 들어갈라 치면 보증인부터 세우는 병원 시스템이 부끄러울 뿐이었다.

다음 날 아침.

주수길은 일찌감치 초빛을 찾아왔다. 민규는 잠시 짬을 내어 약선 공부를 하고 있었다. 어떻게든 하루 1시간은 공부를 채우는 민규였다. 탐구열도 있었지만 도리가 없었다. 만나는 사람들의 수준이 높아진 탓이었다. 그들 이상으로 알지 않으면 망신을 당할 수도 있었다.

"죄송합니다. 제가 아침 수술이 많아서… 끝나고 저녁에 올까 하다가 어제 셰프님 말에 기대 염치 불고하고 왔습니다."

주수길이 옆의 청년을 가리켰다. 정말 반듯한 청년이었다. 책을 치우고 체질 창부터 보았다.

"……!"

거기서 민규의 숨이 멈추고 말았다.

청년은 체질 창이 없었다.

이런!

2. 신비약선 자하거(紫河車)

"······?"

놀란 민규가 주수길을 바라보았다. 그의 체질 창은 문제없이 리딩이 되었다. 다시 청년을 보았다. 여전히 체질 창은 없었다.

'없어?'

황당했다.

지구의 수십억 인간들. 체질 없는 인간이 존재할 수 있을까? 그건 불가능했다. 누구든 어느 체질인가에 속해야 했다. 그런데 왜?

"앉으시죠."

연못가 테이블에 자리를 정했다. 답답한 안쪽보다는 나을 걸로 생각했다. 연꽃을 배경으로 다시 확인에 들어갔다. 체질 창은 여전히 '실종' 내지는 '삭제' 상태였다.

"내가 말하던 셰프십니다. 길 박사님이라고 우리 병원 대표 명의께서도 극찬을 하는 분이세요. 그분이 데려온 환자들 중에 건강을 되찾은 분이 한둘이 아니고 무엇보다 저기 저분⋯⋯."

주수길이 종규를 보며 말을 이어놓았다.

"그 명의분의 불치병 환자였는데 이분이 약선으로 완치를 시켰습니다. 폐동맥 고혈압이라고 현재의 의학으로는 치료할 수 없는 병이었어요."

"네⋯⋯."

청년이 고개를 끄덕였다.

"아까도 말했지만 내 병도 이 셰프께서 약선으로 고쳐주었습니다. 그러니 부담 갖지 말고 이야기하세요. 질병 치료에 있어서 나보다 몇 배는 나은 분이십니다."

"별말씀을⋯⋯."

민규가 주수길의 칭찬 행진을 막았다.

"저는⋯⋯."

청년이 오른팔을 걷었다. 옷깃을 세우는 왼팔의 동작도 굼떠 보였다. 운동신경이 제대로 따르지 않는 것이다. 실리콘으로 성형을 했다는 오른팔 외형은 그럭저럭 봐줄 만했다. 하지만 움직임은 자연스럽지 않았다.

"아직은 괜찮습니다. 잠깐 정도는 운전도 할 수 있고 글씨도 쓰고 스마트폰에 컴퓨터 자판도 두드릴 수 있습니다. 하지만 근력이 약해서 오래 하지 못해요. 길어야 몇십 분이고 그나마 힘든 건 엄두도 내지 못합니다. 문제는 왼팔도 슬슬 근력이 약해진다는 거예요."

청년이 이야기하는 동안 신장을 보았다. 혼탁 등의 표시가 없다. 근육을 지배하는 간도 그랬다. 그 또한 보이는 건 옷자락뿐이었다. 다른 오장도 같았다. 상지수 창이 보이지 않는 것. 미치고 환장할 노릇이었다.

"주 과장님이 약선요리 말씀을 하시는데… 가능할까요? 저는 사실 팔만 나을 수 있다면 똥을 먹으라고 해도 먹을 수 있습니다."

"아, 수술 시간이… 그럼 두 분이 말씀 나눠도 될까요?"

주수길이 시계를 바라보았다.

"잠깐만요. 그래도 차라도 한잔하고 가셔야……."

민규가 의자에서 일어섰다. 체질 창이 보이지 않다 보니 기본 대접도 잊고 있었다. 주방으로 돌아왔지만 차가 중요한 게 아니었다. 체질 창이 보이지 않는 사람. 이럴 때는 어떻게 해야 하는 걸까? 지구의 인간은 많았다. 희귀병도 있으니 체질창이 보이지 않을 수도 있었다. 하지만 달리 생각하면 이럴 때의 대처법도 있을 것 같았다.

보이지 않는 걸 보려면?

"아!"

초자연수에서 답을 얻었다. 반천하수, 즉 상지수였다. 편작은 그 물을 마시고 환자의 오장육부를 들여다보게 되었다. 서둘러 반천하수를 소환했다. 한 잔을 단숨에 넘겼다.

"……?"

그래도 보이지 않았다. 한 잔을 더 마셨다. 연못가의 청년은 그대로였다.

'안 되는 건가?'

잠시 절망이 달려들었지만 한 잔을 더 들이켰다. 그렇게 여섯 잔. 그러나 기대는 이루어지지 않았다. 허망한 순간, 주방의 불이 꺼졌다가 들어왔다.

암흑에서 광명으로.

"어, 미안. 스위치를 잘못 건드렸어."

종규가 손을 들어 보였다.

조명…….

꺼졌다 들어온 세상은 더 밝아 보였다. 그걸 생각하니 신성수와 악수(惡水)의 조합이 생각났다. 악수에 신성수를 섞으면 암흑 지옥의 맛, 신성수에 악수를 넣으면 광명 천상의 맛…….

'조명처럼 체질 창도?'

민규의 손은 이미 생각을 따라가고 있었다. 반천하수에 마비탕, 정화수를 넣고 취탕과 동기상한의 악수를 떨구었다. 다른 한 잔은 그 반대로 소환했다. 그런 다음 후자를 들이켰다.

"꺼억!"

신음과 함께 눈앞이 암흑으로 변했다. 간신히 팔을 뻗어 전자의 물을 마셨다. 통증은 마치 목을 매달던 줄을 잘라낸 듯격하게 사라졌다. 그대로 반천하수 한 잔을 더 들이켰다.

'이번에는?'

시선을 가다듬고 연못가를 보았다.

'오, 하느님!'

탄식이 저절로 나왔다. 청년의 체질 창이 아른거린 것이다. 그대로 뛰어나가 청년을 보았다. 체질 창이 보였다.

체질 유형—水형
담간장—허약
심소장—양호
비위장—양호
폐대장—허약
신방광—위독
포삼초—양호
미각 등급—B
섭취 취향—小食
소화 능력—B

그 뒤로 아른거리는 혼탁을 보았다. 경추부였다. 오른팔을 타고 내려갔다. 왼팔에도 낌새를 걸쳤다. 머잖아 왼팔도 심각해진다는 얘기였다.

"……?"

넋을 놓은 민규에게 주수길의 시선이 다가왔다. 그제야 차를 떠올리는 민규.

"아, 내 정신. 잠깐만 기다려 주세요."

"아닙니다. 늦었거든요. 자칫하면 환자가 오래 기다릴 수 있으니 일단 갔다가 오전 수술 마치고 다시 들르겠습니다."

주수길이 일어섰다. 수술 환자가 있다니 말릴 수도 없었다. 인사를 하고 본분에 충실했다. 어렵게 리딩한 청년의 체질 창이었다. 혹시 다시 안 보일 수도 있기에 확인에 또 확인을 하는 민규였다.

'경추부의 거친 혼탁과 정기가 말라가는 신장……'

어떤 식재료가 좋을까? 어떤 약재가 좋을까? 水형에 좋은 식재료와 약재의 줄을 세워보았다. 검은색 식재료들, 짠맛의 재료들, 쥐눈이콩을 시작으로 밤, 수박, 해조류, 각종 장, 가축의 생식기, 녹용, 숙지황… 그다음으로 근육에 좋은 식재료의 줄을 세워도 청년의 체질 창과 아귀가 맞지 않았다.

'이것 봐라?'

만만치 않았다.

생각을 가다듬었다. 체질 창부터 속을 썩이더니 보통 약선으로는 되지 않을 모양이었다. 체질 창을 보며 권필을 생각했다. 고려대의 왕조에는 이런 병이 없었을까? 있다면 어떤 약선을 썼을까? 조선 후기의 정진도는 어떤 한약재나 식재료를 써서 식치의 보람을 느꼈을까?

생각하는 중에 두 개의 약재가 답으로 나왔다.

'억!'

첫 약재에서 비명이 나왔다.

자하거(紫河車: 사람의 태반)였다.

자하거…….

조선의 향촌 명의 정진도. 천석꾼의 4대 독자가 팔을 못 쓰는 병에 걸렸다. 나날이 고목처럼 뒤틀려 흉측하게 변해갔다.

"천벌받았네."

"소작농들 볶아대더니 산신령이 노했어."

고을이 술렁거렸다.

인근 의원은 물론이고 고명한 고승에 팔도의 무당을 다 불러들여도 원인조차 알 수 없었다. 중국에서 구해 온 약조차 무용지물.

정진도는 그의 마지막 선택이었다. 명의라는 소문은 들었지만 장애를 가진 의원 따위에게 손을 벌리고 싶지는 않았던 것. 그렇기에 지푸라기 잡는 심정으로 아들을 마차에 태워 정진도를 찾았다.

"3일!"

진맥을 본 정진도가 한마디를 뱉었다.

"3일 만에 낫게 한단 말이냐?"

천석꾼이 물었다.

"낫는 건 한나절이면 됩니다. 이 일은 약재와 함께 당신의 인품이 필요하니 3일 안에 당신의 소작농들에게 백미 한 가마니씩을 나눠주고 오십시오. 그럼 치료를 해드리겠소."

"네 거짓부렁이라면 그냥 두지 않을 것이야."

"당신도 가짜로 주고 나중에 다시 뺏으면 천벌을 각오해야 할 거요."

"그렇게 자신이 있으면 당장 치료하거라. 백미는 지금 당장이라도 나눠줄 터이니."

"우물에서 숭늉을 마실 참이오? 3일이 필요합니다. 3일 후에 저 개울 건너 사는 당신의 소작농 천돌이네 색시가 아기를 낳거든 아들을 데려오시오. 아, 그 집에는 특별히 백미 다섯 가마니를 주셔야겠소."

"거기는 왜 다섯 가마니란 말이냐?"

"당신 아들을 살릴 명약이 거기서 나올 테니까!"

정진도의 목소리는 확신 그 자체였다. 몸은 비록 장애로 추레하지만 덕과 인품이 높아 칭송이 자자한 의원. 그동안 백방이 무효였으니 천석꾼은 그의 말을 따를 수밖에 없었다.

3일 후!

마차에 실려 온 천석꾼의 아들은 저녁 무렵 직접 말을 몰고 돌아갔다. 한나절 만에 불치의 팔을 고쳐 버린 정진도였다. 그 때 그가 쓴 게 자하거였으니 천돌이네 색시가 출산을 끝냈을 때 얻어 온 명약이었다.

자하거.

이제는 여러 곳에 쓰인다. 그러나 민규 자신은 본 적도 만진 적도 없었다. 당장은 구할 수도 없었다. 자하거 뒤로 보인 건 황금이라는 약재였지만 체질 창의 반응으로 보아 자하거에 미칠 수 없었다.

답은 나왔다. 그러나 구할 수 없는 약재.

하지만!

길이 아주 없는 건 아니었다.

"저기요, 주 과장님!"

민규가 차를 향해 뛰었다. 도로 쪽까지 달려간 주수길. 민규가 쫓아오자 차를 세웠다.

"……!"

민규의 말을 들은 주수길, 하얗게 질리고 있었다.

그 질린 얼굴 위에 몇 마디를 더 보태놓았다.

"그걸 제가 어디에 어떻게 쓰는지 묻지 마셔야 합니다. 저 청년에게도 말하면 안 됩니다. 절대 비밀입니다."

"……"

절—대—비—밀.

민규의 표정은 강철과도 같았다.

국화수와 천리수.

청년을 위한 약선의 시작이었다.

—궁중황률죽.

—궁중흑우골수탕.

—약선두향차.

요리도 이어졌다. 밤은 신장에 좋은 음식. 그 죽에 숙지황과 산수유를 넣고 볶은 소금으로 간을 해 신장의 원천 강화에 공을 들였다. 소 골수는 이류보류의 선택이었으니 골수로써 골수를 보강하려는 의도였다.

인간의 몸을 이루는 네 가지 원천 정(精), 기, 신, 혈.

뼈와 골수는 만드는 건 정이었다. 이 정은 인간의 출생 후에도 신장이라는 보고에 보관되어 뼈의 성장에 기여한다. 그렇기에 신장에 문제가 생기면 골수도 문제가 될 수 있었다.

그렇다면 민규는 왜 자하거를 구하려는 걸까? 여기서 자하거는 최정예 저격수의 역할로 필요했다. 말하자면 화룡점정이었다. 자하거는 현대 의학적인 측면에서도 척수신경 세포의 재생력을 입증받고 있었다. 나아가 손상된 척수에서 재생 관련 단백질 인자를 조절하는 기능도 있었다. 또한 축삭돌기의 성장도 증가시킨다. 그렇기에 척수의 전각세포 기능 회복에 기여할 것으로 기대가 되었다.

청년이 두향차를 마시는 동안 한약재 황금과 마늘을 준비했다. 마늘 역시 세포재생에 관여한다. 그 기전을 들여다보면 약간의 아이러니가 생긴다. 사실 마늘의 알리신(Allicin) 성분은 일종의 독소에 속하지만, 세포를 자극해 면역력을 키우며 피부 재생을 독려한다.

황금 역시 신경 보호 작용과 함께 세포의 재생을 돕는 약재였다.

자하거.

마늘.

황금.

돼지 신장에 보리쌀.

이 아이템들이 청년의 절망, MND를 공략할 약선의 첨병이었다.

두 시간이 지났다. 두향차까지 마신 청년의 체질 창은 신방광 쪽에서 약간의 변화를 보였다. 몸에 흡수된 천리수가 인체를 유주한 것. 워낙 오랫동안 돌보지 않은 신장이었기에 약선 요리의 효과를 제법 받아들이고 있었다.

하지만 그의 경추에 서린 혼탁과 팔의 상태는 차도가 없었다. 아니, 팔은 오히려 조금 더 아픈 것 같다고 했다. 민규는 긍정적으로 보았다. 해 뜨기 전이 더 어두운 법. 무엇인가의 변화가 변화 없는 상태보다는 나을 수 있었다.

방제수를 한 잔 더 주어 청년의 몸을 안정시켜 놓았다. 주 수길의 전화가 들어온 건 그때였다.

―어렵게 구해서 실습생 편에 보냈습니다. 제 수술이 좀 늦어져서요.

"고맙습니다."

인사를 하고 도로를 보았다. 30분이 넘어서야 낯선 소형차가 들어왔다.

"주 과장님이 보낸 겁니다."

차에서 내린 여학생이 샘플 통을 내밀었다. 냉장이 되는 박스였다. 종규를 시켜 여학생에게 약선차 한 잔을 내주고 주방으로 뛰었다.

"……!"

자하거.

민규로서는 처음 보는 약재. 정화수에 담가 잡티와 불순물을 제거한 후에 찜통에 넣었다. 신성한 약재이기에 칼도 대지 않았다.

'어떤 물을 넣을까?'

초자연수 선택부터 관건이었다. 음양기혈을 잡아주는 마비탕이냐? 아니면 양기를 끌어 올리고 경락을 통하게 하는 열탕이냐? 그것도 아니면 말단의 병을 잡아주는 천리수냐?

민규의 생각은 반천하수에서 멈췄다.

반천하수, 즉 상지수.

이 물에는 민규가 잊고 있던 내력이 숨어 있었다.

—진액을 우리거나 불로약 등의 선약(仙藥)을 제조할 때는 반드시 반천하수를 써야 효과가 난다.

요리에서 불로약을 고려할 기회가 없었기에 까맣게 잊고 있던 내용이었다.

청년의 근육병 약선. 불로약은 아니었다. 그러나 내용 자체로 보면 신성한 약을 달일 때 필요하다는 뜻. 이런 경우가 바로 거기에 속했다.

다만 문제가 있었으니 자하거는 하나뿐이라는 사실이었다. 이것도 주수길이 어렵게 구해 온 것. 만약 초자연수를 잘못 선택해 망쳐 버린다면 청년의 약선은 물 건너갈 수 있었다.

고민하는 민규 앞에 세 전생이 희미하게 떠올랐다. 그들은 한결같이 웃고 있었다.

너 스스로를 믿어라.

눈빛이 그랬다. 그들의 분위기를 믿었다.

Go!

선택을 결행했다.

하지만, 시작부터 난관이 왔다. 반천하수에 자하거를 넣기 무섭게 무성한 김이 뭉게구름처럼 솟아오른 것이다. 진한 해무와도 같아 앞이 보이지 않았다.

"형, 뭐 탔어?"

놀란 종규가 뛰어 들어왔다.

"아니. 약선이 좀 특이해서."

대략 둘러댔지만 우려가 되는 건 사실이었다. 그렇다고 결정을 번복하지는 않았다. 그대로 찜통의 뚜껑을 덮어버리는 민규였다.

딸깍!

불을 당겼다.

"우와, 이거 무슨 냄새길래?"

이번에는 종규가 코를 벌름거렸다.

"쉿!"

종규의 입을 막았다. 부정 탈까 봐 하는 행동은 아니었다. 다만 이 약재는 경건하게 다룰 필요가 있었다. 민규는 찜통 옆에서 떠나지 않았다.

척수성 근위축증.

척수의 부실로 전각세포의 기능이 상실되어 발생하는 운동 기능의 상실. 그 약선을 위해 선택한 것은 인간 생명의 모체 자하거. 두 시간이 지난 후에 뚜껑을 열었다. 신기하게도 김은 나지 않았다. 찜통 안의 고요는 태초의 지구처럼 평온했다.

자하거의 진액은 완벽하게 우러나왔다. 그 진액을 청년의 경추 혼탁과 대조했다. 약선 재료가 조금 모자랐다. 자하거는 손댈 수 없으므로 마늘과 황금을 추가했다. 거기에 미리 준비한 돼지 신장 다진 것에 보릿가루를 넣고 완자를 빚어냈다. 보이는 재료는 돼지 신장에 보릿가루지만 실상은 자하거의 진액. 다시 찜통에 넣어 살짝 쪄낸 후에 구운 소금으로 간을 맞춰 테이블에 올렸다. 육수 안에 오롯한 자하거 완자들. 다른 요리와 달리 고명도 장식도 없는 세팅이었다.

"곽태용 씨."

민규가 처음으로 청년의 이름을 불렀다.

"예, 셰프님."

"마지막 약선요리입니다."

"그럼 이걸 먹으면?"

"한 가지 조건이 있습니다."

"무슨?"

"이 그릇에 담긴 요리를 다 먹어야 합니다. 단 하나의 완자도 빠짐없이, 한 방울의 국물까지."

"맛이 이상한가요?"

"그건 아니지만 어쩌면 당신의 질병이 음식을 거부할지도 모릅니다. 가끔 그런 사례가 있거든요."

"걱정 마세요. 아까 말씀드렸다시피 똥이라도 먹을 겁니다. 게다가 셰프님 요리는 맛까지 기막히잖아요? 아까 요리도 그랬고……."

"아무튼 제 말 명심하세요. 이 약선 재료는 쉽게 구할 수 있는 게 아닙니다."

"알겠습니다."

"그럼 드세요."

민규가 그릇을 밀어주었다. 그릇에서 올라온 김은 몹시 푸근해 보였다.

"냄새가 좋네요. 포근한 게 꼭 엄마 젖 냄새처럼……."

숟가락을 든 곽태용, 첫 완자를 입으로 가져갔다. 순간, 읍하는 경련과 함께 곽태용의 비위가 격하게 뒤틀려 버렸다.

"토하면 안 됩니다. 참으세요. 잠깐만요!"

소리친 민규가 물잔을 잡았다. 재빨리 생숙탕을 소환해 곽태용에게 내밀었다. 음양조화에 소화를 돕는 물. 목구멍까지 치민 위액을 내려보낼 생각이었다.

하지만!

"우엑!"

곽태용의 위장은 끝내 발딱 뒤집히고 말았다.

"……!"

"……?"

곽태용과 민규의 시선이 허공에서 만났다. 다행히 마른 구역질이었다. 액체가 입가로 조금 흘렀지만 많지 않았다.

"셰프님……."

"냄새가 안 맞습니까?"

"많이는 아닌데 위장이 저절로……."

"코를 막으세요."

민규가 티슈를 건네주었다.

"코요?"

"코를 막으면 냄새를 맡지 못합니다. 냄새 역시 미각에 큰 영향을 주거든요. 그러니까 코를 막고 먹으세요."

"예."

곽태용이 티슈를 코에 쑤셔 넣었다. 그런 다음 다시 완자를 집어 들었다. 파르르 떠는 손을 가지고도 끈질기게 도전하는 곽태용. 근육병을 헤쳐 나갈 각오는 충분해 보였다.

"읍!"

첫 완자가 들어가자 다시 위장이 뒤틀렸다. 곽태용은 불굴의 용기로 참아냈다. 덕분에 눈으로 액체가 새어 나왔다. 목을 들이친 액체, 콧구멍이 막혔으니 눈물샘을 박차고 나온 것이다.

이번에는 비위를 달래는 요수를 주었다. 그 물을 마신 곽태용. 꾸역꾸역 완자를 욱여넣었다. 완자의 문제는 아니었다. 골수의 질병이 반항하는 것이다. 결국 그걸 이겨내야 하는 건 곽태용의 몫이었다.

"우억우어억!"

청년은 짐승 같은 신음을 내며 완자를 삼켰다. 자하거. 그 진액을 흡수한 완자의 양은 결코 적지 않았다. 게다가 그는 소식(小食) 성향. 오랜 투병으로 식사량까지 줄었을 판이니 사투가 아닐 수 없었다.

'제발……'

민규는 두 손을 모으고 기도로 도왔다. 대신 먹어줄 수 없는 게 한일 뿐이었다.

하나.

둘……

완자가 줄어들 때 주수길의 차가 들어왔다. 그는 상황의 심
각함을 알았다. 민규 옆에 서서 간절함을 보태주었다. 그리고,
마침내 마지막 완자. 곽태용이 그걸 입에 털어 넣었다. 두어
번 우물거리고는 바로 삼켜 버렸다.

"우엑!"

이번 경련의 반응은 굉장히 컸다. 결국 다 토하는 건가 싶
었는데 그건 아니었다. 곽태용의 초인적인 인내가 그걸 참아
낸 것이다. 이제는 코를 막은 티슈까지 다 젖어버린 상황.

그가 그릇을 들고 남은 물을 들이켰다. 그릇 안의 육수 한
방울까지 마셔낸 곽태용. 그 자세로 멈춰 버렸다.

"셰프님."

주수길이 불안을 참지 못하고 입을 열었다.

"쉿!"

민규가 주의를 주며 다가섰다. 그릇을 받아 내리자 곽태용
의 얼굴이 드러났다. 불끈 감은 두 눈. 청년은 흡사 기절한 것
처럼 보였다.

"아!"

충격을 받은 주수길의 다리가 풀렸다. 쓰러지는 그의 팔뚝
을 손이 다가와 잡아주었다.

"……!"

순간, 세 사람이 동시에 놀랐다. 첫 번째 놀란 사람은 곽태용. 주수길을 잡아준 건 그의 손이었다. 옆에 있다 쓰러지기에 무의식적으로 잡았다. 두 번째 놀란 사람은 주수길. 세 번째는 민규였다.

모두 곽태용의 손 때문이었다. 주수길은 몸무게가 제법 나갔다. 그걸 잡은 건 곽태용의 오른손. 무엇인가를 힘 있게 잡을 근육이 아니었다. 하지만 지금 눈앞의 현실은…….

"곽태용 씨."

주수길이 청년을 바라보았다. 목소리가 떨렸다. 그 표정에 놀란 청년이 팔을 놓아버렸다. 주수길은 인력 작용에 의해 그대로 나뒹굴었다. 하지만 아프지 않았다.

"지금 나를 잡았어요?"

쓰러진 채 주수길이 소리쳤다.

"……."

청년은 믿기지 않는 듯 자신의 오른팔을 보고 있었다.

"다시 한번 해봐요. 그 팔은 내 몸을 잡아줄 힘이 없었잖아요?"

"……."

"어서."

주수길이 재촉하자 청년이 일어섰다. 주수길의 팔을 잡고 당겼다. 쉬워 보이지는 않았지만 주수길을 일으켜 세웠다.

"선생님!"

이제는 청년이 소리쳤다. 맥없던 근육이 파워―온 된 것이다.

"아아, 감사는 내가 아니고 이 셰프님."

주수실이 뒤편을 가리켰다.

"셰프님!"

몸을 돌린 청년이 민규에게 돌진했다.

"기왕이면 저도 한번 들어보세요. 무리하지는 마시고."

민규가 주문을 넣었다.

"이렇게요?"

청년이 두 손으로 민규 허리를 안고 들어 올렸다. 번쩍은 아니었지만 다리가 들린 건 사실이었다.

보정정수(補精塡髓).

정혈 활성과 골수 강화의 길이 열린 것이다.

"약선이 먹혔네요. 경추에 맺혔던 나쁜 느낌도 사라졌고 팔쪽도 기운이 점차 맑아지고 있습니다."

"셰프님."

"그런데 고마움은 제가 아니라 과장님에게 하세요. 당신이 그쪽 전공의시면서도 약선을 권하는 건 굉장한 용기고요, 제 힘으로는 구할 수 없는 약재까지 구해주셨거든요."

민규는 그 공을 주수길에게 돌렸다. 이 일은 그랬다. 자하거가 없다면 해낼 수 없는 일이었다. 하지만 그 자하거에 대해서는 곽태용에게도, 종규에게도 언급하지 않았다.

"제게는 두 분이 다 은인입니다. 절 받으십시오."

곽태용, 민규에게 절을 하더니 주수길에게도 꾸벅 절을 했다. 한 번도 아니었다. 세 번, 다섯 번, 그치지도 않았다. 결국 민규가 말리고서야 절을 그만두는 곽태용이었다.

"고맙습니다. 고맙습니다."

청년의 눈물은 땅을 적실 때까지 그치지 않았다.

"꼭 다시 찾아오겠습니다. 그때는 6만 원이 아니라 600만 원이라도 가져와서 은혜에 보답하겠습니다."

곽태용은 다짐에 또 다짐을 두었다.

"이거, 오늘 안에 다 마시세요. 그리고 혹시 바닷가나 논농사 짓는 친구가 있으면 며칠 가서 산책 많이 하시기 바랍니다."

곽태용에게 벽해수 한 통과 당부를 딸려 보냈다. 혼탁은 맑아졌지만 화기(火氣)의 잔재가 가시지 않았으니 용을 타는 게 좋았다.

용을 탄다?

적천수(滴天髓)에 전하는 처방이다. 용은 물기가 축축한 땅을 말한다. 바로 논두렁길이다. 이런 길을 걸으면 화기의 잔재를 없앨 수 있다. 소금기가 많은 바닷길을 걷는 것도 같은 맥락이다. 소금의 기가 신장의 힘을 강화해 화기를 없앤다. 신장이 水에 해당하기 때문이었다.

꺼진 불도 다시 보자.

민규의 생각이었다. 긴 세월 청년을 괴롭힌 마수였으므로.

청년을 태운 주수길이 차를 몰았다. 그는 오후에도 수술이 많았다. 저녁 무렵, 주수길에게서 전화가 걸려왔다. 가자마자 실시한 병원의 정밀검사. 믿기지 않게도 척수 이상이 사라졌다는 통보였다. 청년은 승봉도의 친구에게 갔다고 했다.

'후우.'

긴장이 풀린 민규, 연못의 테이블에 앉아서 하늘을 바라보았다. 덕분에 통째로 사라진 휴일. 그러나 곽태용에게는 인생이 통째로 돌아온 날이었다. 민규 역시 운명 시스템의 행운을 받은 사람. 그렇기에 곽태용의 행운을 빌었다. 민규처럼, 쭉쭉 잘 풀리기를. 찌질한 패배감에서 벗어나 당당하게 즐기며 자신만의 인생을 살아가기를.

다음 날.

아침부터 정신이 없었다. 어제 하루 쉰 덕분이었다. 원래는 지방 장터 등을 돌며 좋은 식재료를 확보해야 하는 날. 덕분에 새벽 시장에서 시간을 지체했으니 바쁠 수밖에 없었다.

오전 예약 손님들을 쳐내고 숨을 돌릴 때 전화가 들어왔다. 모교의 지도교수였다. 식자재 실습을 나왔던 후배들. 민규의 초빛약선을 방문하고 싶어 했다. 방송 덕분이었다.

—잠깐만 견학 좀 할 수 없을까?

―부탁드립니다, 선배님.

교수에 이어 과 대표 차미람까지 읍소를 보태놓았다.

막간을 이용해 견학을 허락했다. 배우고 싶은 열정처럼 좋은 건 없었다. 그 열정이 있는 한 그들은 세계 최고의 셰프가 될 수도 있었다. 그런 후배가 나오길 바라는 마음으로 맞이했다.

"와아, 이민규 선배님."

"방송 넘흐넘흐 멋졌어요."

"저는 용봉탕 황금붕어 보고 기절했어요. 어떻게 그런 요리가 가능하죠?"

"잣에 새긴 용 조각은 어떻고? 진짜 인간이 아니셔."

"그럼 AI냐?"

"AI도 우리 선배님에게는 안 될걸?"

"압권은 새팥죽이었지. 가장 평범한 소재로 가장 위대한 요리 창조."

후배들의 감상평은 끝이 없었다.

식당 안내는 재희와 종규가 맡았다. 연못을 보여주고 연꽃을 보여주었다. 약장도 보고 식자재 창고도 보고 장독대도 보았다. 크게 화려하지 않지만 질박한 손길이 깃든 약선 재료들. 하지만 아직 학생들이기에 그게 얼마나 가치가 있는 일인지는 잘 알지 못했다.

그들이 정신 줄을 놓는 건 오직 민규였다. 민규가 설명하면

와아, 우아, 감탄 연발. 민규가 열중하면 학생들도 몰입을 했다. 한마디로 후배들의 우상이 되어버린 민규였다.

"기왕 이렇게 왔으니 뭐 하나는 보여줘야 할 텐데 어떤 요리 시범을 보여줄까?"

민규가 묻자 기다렸다는 듯이 합창이 나왔다.

"황금붕어요!"

황금붕어.

마침 잉어와 붕어가 몇 마리 있었다. 그렇기에 어려운 일은 아니었다. 종규가 월척급 붕어를 건져와 함지박에 부어놓았다. 최상급으로 골라 온 재료였기에 다들 힘이 좋았다.

"혹시 잉어 비늘이 몇 개인지 아는 사람?"

민규가 물었다.

"으왁, 세어본 적 없는데……."

"한 500개?"

"500은 많고 300개쯤 되지 않을까?"

학생들이 웅성거렸다.

"안 되겠네, 과 대표."

민규가 과 대표를 불러냈다. 그녀에게 잉어 한 마리를 안겨주었다.

"세어봐."

즉석 실습이다. 잉어 비늘 숫자가 뭐 그리 대단하냐고 할지도 모르지만 요리란 내력이었다. 식재료의 내력을 모르고서야 좋은 요리사를 꿈꾸기 어려웠다.

"36개요."

측선 비늘을 세어본 과 대표가 소리쳤다.

"맞다. 잉어는 36=6×6이라 66이오 용은 81=9×9라 99지. 그래서 잉어가 황하 상류의 협곡 폭포를 넘으면 66이 뒤집혀 99가 되어 용이 된다고 하는 거다."

"……."

"그 잉어 못지않게 멋진 식재료가 바로 이 붕어다. 누가 궁중대연회에 붕어찜이 몇 회나 나왔는지 아는 사람?"

"……."

후배들은 이번에도 붕어처럼 소리 없이 입만 뻐끔거렸다.

"궁중의궤를 보면 대연회에서 붕어찜이 무려 31차례나 올랐다고 한다. 효종은 붕어찜을 성약이라고까지 했지. 어째서 그런가 하면 붕어의 예외성 때문이다. 음양오행으로 보면 모든 생선은 화(火)의 성질을 가졌지만 붕어만은 토(土)의 성질을 가졌거든. 그래서 위장을 튼튼하게 해주는 식재료다."

"와아."

환호를 들으며 붕어를 잡았다. 주방으로 옮겨 갔다. 후배들이 어깨를 겨루며 옹기종기 둘러섰다. 민규의 신기는 눈 깜짝할 사이에 일어났다. 고이 쪄낸 붕어를 꺼내 금박을 뿌린 물에 넣었다가 건진 것. 붕어는 원래부터 황금인 듯 색이 변했다.

"누가 한번 해볼까?"

민규가 후배들에게 기회를 주었다. 서로 하려는 통에 제비 뽑기로 결정을 했다. 행운은 남학생에게 돌아갔다. 잔뜩 긴장한 그가 새 붕어를 금박 물에 넣었다. 금박은 입혀지지 않았다. 찌꺼기가 아가미나 꼬리 쪽에 살짝 붙어 나올 뿐이었다. 희망자 몇 명에게 더 기회를 주었지만 마찬가지였다.

"물속 연어 잡듯 텀벙텀벙 헤집지 말고 랩을 씌운다는 생각으로 고요하게."

민규가 다시 시범을 보였다. 원래는 이윤의 필살기. 보통 사람이 한두 번에 될 리는 없지만 진중하게 재현을 했다.

"아앙, 또 실패."

심기일전 도전한 과 대표도 울상을 지었다.

"그거 말고 다른 것도 배우고 싶어요."

이번에는 부대표였다.

"뭔데?"

"붕어 잔가시를 통으로 빼기 스킬요."

후배들이 또 합창을 했다. 그 또한 인상적인 모양이었다.

"좋아. 누가 한번 시도해 볼까?"

민규가 후배들을 바라보았다.

"제가 해보겠습니다."

남학생이 손을 들고 나섰다. 민규가 칼을 넘겨주었다.

"으아, 선배님이 방송에서 쓰던 칼이야."

후배가 자지러졌다.

"야, 정신 줄 놓을래? 선배님이 지켜보시잖아?"

다른 후배가 성화를 부렸다. 그제야 칼을 잡은 후배가 정신을 가다듬었다. 하지만 그뿐이었다. 그는 방송을 몇 번이고 돌려보았다. 붕어 배에는 칼 댄 상처가 없었다. 그 말은 배를 가른 게 아니라는 말. 의욕은 만땅이지만 스킬은 바닥이었으니 할 수 있는 일이 없는 것이다.

"안 되겠어?"

민규가 물었다.

"죄송합니다, 선배님."

후배는 풀이 죽었다.

"그럼 다른 사람?"

"……."

대답 대신 침묵이 나왔다. 결국 민규가 칼을 들고 나섰다. 이번에는 권필의 필살기 우레타공 재현. 붕어를 잡고 칼등과 끝으로 큰 관절의 핵을 건드렸다. 그런 다음 원하는 관절에 자극을 주었다.

"종규야."

민규가 동생을 불렀다. 종규가 가져온 건 잉어의 엑스레이 사진이었다. 권필의 필살기를 익히던 민규. 궁금한 마음에 동물 병원에서 찍어둔 엑스레이가 있었다.

"우와!"

엑스레이를 본 후배들이 경악을 했다. 사진 속의 잉어 뼈가 확연히 보였다. 머리와 꼬리뼈는 탈구, 다른 뼈들도 '전'과 '후'의 상태가 달랐다. 그렇기에 아가미에 작은 칼집을 넣어 당기면 뿌리가 뽑히듯 뼈가 나온 것이다.

"잘 봐라."

민규가 아가미에 칼집을 냈다. 그런 다음 집게로 집어 등뼈를 당기니 뼈가 줄줄이 딸려 나왔다.

"와아!"

후배들이 휘청거렸다. 민규가 뽑아놓은 건 리얼한 뼈. 마술의 눈속임이 아니었다.

"대표, 붕어 갈라봐라."

민규가 마무리를 맡겼다. 붕어 배가 갈라졌다. 안에서 드러난 건 하얀 속살뿐이었다.

"워버버!"

일부 학생이 넘어갔다. 엑스레이와 함께 현장을 보고도 믿기 어려운 광경이었다.

"이런 건 얼마나 노력해야 가능한 스킬인가요?"

곽 대표가 물었다.

"글쎄, 요리에 답이 있을까? 마음을 다해 노력하는 사람은 1년에도 될 수 있고 그렇지 않으면 100년이 걸려도 이룰 수 없겠지."

"어휴!"

민규 말에 후배들은 한숨의 바다를 이루었다.

순진한 녀석들.

때 묻지 않은 모습을 보니 하는 짓마다 귀엽게 보였다.

"자자, 괜히 스킬에 연연할 것 없다. 스킬은 언젠가 손에 익는다. 중요한 건 요리에 대한 이해와 수련이야. 다들 열심히 노력해서 세계적인 셰프가 되도록. 알았나?"

"네에!"

후배들이 한목소리로 화답을 했다.

주방을 나와 마당에서 스탠딩 다과를 했다. 과일말림과 정과, 약선오미자차였다.

"우와."

"와아!"

정과 하나와 약선차 한 잔에도 후배들은 까무러쳤다. 모양도 모양이지만 하나같이 정갈하고 깊은 맛이 깃들어 있었기 때문이다.

"선배님, 저 이거 몇 개 가져가도 되겠습니까? 집에 가서 연구 좀 하겠습니다."

과 대표가 과일말림과 정과를 가리켰다.

"그래."

기꺼이 허락을 해주었다.

"선배님, 같이 사진 좀 찍어주세요."

새 요구가 나왔다. 그 또한 기꺼이 수락을 했다.

찰칵!

찰칵!

인증 샷이 돌아가기 시작했다. 둘이서도 찍고 셋이서도 찍었다. 후배들의 필사적이고 진지한 모습이 보기 좋았다.

"고맙네. 덕분에 후배들에게 큰 공부가 된 것 같아."

지도교수가 고마움을 전해왔다.

"별말씀을요. 저한테도 좋은 시간이었습니다."

민규도 솔직한 감정을 전했다. 풋풋한 후배들을 보니 더 좋은 선배가 되어야겠다는 자극이 된 것이다.

"형, 서둘러. 다음 예약이 손 피디님이셔. 세 사람 테이블!"

버스가 출발하자 종규가 스케줄을 알려주었다.

"그렇지? 벌써 시간이 다 됐네?"

"아, 씨… 존경은 누가 받고 뒤처리는 누가 하고……."

종규가 빗자루를 쓸며 행복한 조크를 날렸다. 뒤처리조차도 행복한 건 민규가 형이기 때문이었다. 후배들 수십 명과의 하루는 그렇게 저물었다.

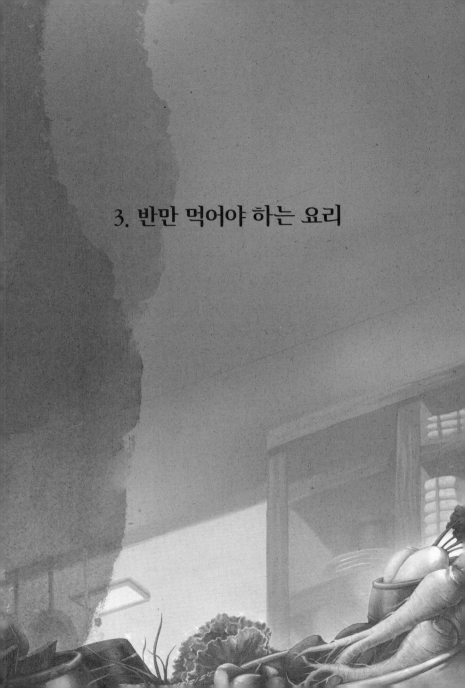

3. 반만 먹어야 하는 요리

"안녕하세요?"

손 피디 차에서 내린 사람은 광보 스님이었다. 월하 스님도 있었다. 손병기 피디는 마지막으로 내렸다.

"손 피디님?"

민규는 내심 당황했다. 세 사람이라기에 김 작가와 오 기자를 대동하고 올 줄 알았던 것이다.

"왜요? 우리는 뺀찌예요?"

광보 스님이 웃었다.

"그럴 리가요? 앉으세요."

민규가 야외 테이블로 안내했다.

"아유, 여긴 우리 절보다 더 목가적이라니까. 작은 연못이 어떻게 저렇게 평화롭대요? 혹시 물고기도 있나요?"

자리에 앉은 광보 스님이 물었다.

"송사리 몇 마리하고 참붕어, 버들붕어가 있습니다."

"버들붕어가 있어요?"

"저도 몰랐는데 어느 날 아침에 보니까 물가에 보이더라고요."

"세상에, 그거 보긴 힘든 건데… 그 붕어가 자세히 보면 얼마나 예쁜지 몰라요."

광보 스님이 연못을 바라보았다.

버들붕어는 신묘하다. 민규도 알고 있다. 조용히 들여다보면 다홍빛도 있고 초록빛도 있다. 수컷 지느러미도 매우 독특하다. 게다가 생명력은 얼마나 강한지. 물 밖에서 가물치 다음으로 강한 게 버들붕어일지도 몰랐다.

"광보 스님 모시고 오니까 놀랐어요?"

손 피디가 웃었다.

"조금은요."

민규의 대답은 솔직했다.

"실은 광보 스님이 이 셰프님에 도전장 던지러 온 거예요."

"도전장이라고요?"

"왜요? 나는 이 셰프님께 도전하면 안 돼요?"

민규가 놀라자 광보 스님이 소녀 같은 표정을 지었다.

"그럴 리가요? 그냥 갑작스러운 일이라……."

"전에 제가 말씀드렸잖아요? 사찰요리, 약선요리 고수들의 건강 요리 한판 이벤트!"

손 피디가 몸을 조금 당겼다.

"예……."

"그게 좀 힘든 상황이었어요."

"혹시 제가 박세가 선생님과 출연했기 때문인가요?"

민규가 자수를 했다.

박세가와의 방송은 찜찜한 구석이 있었다. 손 피디 때문이었다. 그 이전에 이미 손 피디의 방송 제의가 있었던 것. 그런 차에 다른 방송국에서 박세가와 붙어버렸으니 손 피디의 구상에 차질이 있을 수 있었다.

"맞아요. 그것 때문입니다."

"아, 역시… 죄송합니다. 저는 여러 일이 얽히다 보니 그만……."

"어, 뭔가 오해를 하고 계신가 본데 지금 그걸 탓하는 게 아닙니다."

"그럼?"

"오히려 잘됐다는 말씀을 드리러 온 겁니다. 셰프님이 박세가 선생과 뚝심으로 한판 붙어주시는 통에 몸을 사리던 고수들 섭외에 성공하게 되었거든요."

"예?"

"그러니까… 제가 머리에 그리던 분들이 이 셰프님의 무게감을 인정하지 않다가 그 방송이 나간 후로 변했다는 겁니다. 자기들하고 체급이 된다고 생각한 거죠."

"……?"

"그건 제가 증인이에요. 손 피디님이 몇 분 설득해 달라고 하셨는데 그분들이 워낙 미국과 일본 등지에도 잘 알려진 분들이다 보니 고사하는 형편이었어요. 그런데 박세가 선생의 인정에다 이 셰프님의 요리 내공을 보고는 마음이 바뀐 거죠."

"스님……."

"물론 장광 거사님 같은 경우는 여기 월하 스님의 말이 도움이 되긴 했어요. 그분은 끝까지 고사를 했었거든요."

장광 거사.

한때는 지방의 천년 사찰에서 스님으로 있던 사람이다. 그 절에서 심신 수양의 일환으로 사찰요리를 시작했다. 타고난 손맛과 미각으로 단숨에 부각이 되었다. 스님의 일화는 미국 대통령 때문에 더욱 유명했다. 방한한 미국 대통령은 한국 대통령과 첫 만남의 장소로 장광 거사의 식당을 찜했다.

거기서 담화를 한 후에 약선 막걸리에 파전을 먹었다. 10여 년 전의 이야기지만 아직도 회자되고 있었다.

"나는 뭐 내가 아는 대로 말한 것밖에 없어요."

월하 스님이 대화에 들어왔다.

"뭐라고 하셨습니까? 저도 사실 궁금하거든요. 우리 섭외 팀이 수십 번 전화하고 제가 두 번이나 찾아갔음에도 고사하던 분이셨습니다."

손 피디가 물었다.

"장광 거사와 같은 대령숙수의 전생. 그러나 이 셰프가 한 수 위의 전생이라고 했죠."

"......?"

"장광 거사는 조선 중기에 대령숙수의 삶을 산 사람이에요. 제가 직접 전생 체험을 시켜주었거든요."

"아!"

"영정조 시기로 추정되어요. 하지만 여기 이 셰프님은 그보다도 더 앞선 시대의 대령숙수의 삶으로 보여요. 말하자면 선대의 대령숙수시니 함부로 보면 안 된다고 해드렸죠."

"......"

"그 말에 조금 흔들리셨는데 이번에 방송을 보고 믿음이 가셨나 봐요. 특히 이 셰프님이 마지막에 요리한 새팥죽 말이에요. 거기서 빠악, 뇌수를 치는 영감이 왔다더군요. 그분이 아직도 가끔 전생 기억을 만나시거든요."

"듣고 보니 진짜 흥미롭군요. 그럼 우리 이 셰프님의 전생이 어느 왕조대인지도 아시겠습니까?"

손 피디가 물었다.

"이분은 여러 전생을 사셨어요. 하지만 제가 범접하기 어려운 느낌입니다. 신성한 전생들은 우리도 자세히 리딩하기가 쉽지 않아요."

"그래도 지금 좀 자세히 봐주시면……."

"그럼 시도라도 한번 해볼까요?"

월하 스님이 민규를 바라보았다. 호기심이 일어 그 뜻에 따랐다. 특별한 준비도 필요 없었다. 그저 월하 스님과 단정히 마주 앉아 눈을 감는 것으로 끝이었다.

의식과 무의식.

그 경계에 오색 감각이 출렁거렸다. 세 전생이 피어올랐다. 월하 스님의 힘 때문인지 아주 생생했다. 세 전생은 각자의 삶을 살고 있었다. 이윤이 그랬고, 권필이 그랬으며, 정진도 또한 그랬다.

"하아!"

잠시 후에 월하 스님이 눈을 떴다.

"됐어요. 눈 뜨세요."

월하 스님이 말했다. 조금 전보다 굉장히 피곤한 목소리였다.

"이거 한잔 드시죠."

피로회복을 위해 마비탕 한 잔을 내주었다. 물을 마신 월하 스님은 이내 가뜬한 표정을 지었다.

"이 셰프님 전생에서 물을 봤어요."

"……?"

민규가 뜨끔했다. 그녀의 신통력은 보통이 아니었다.

"신성한 물, 원초의 물… 굉장히 많은 물과 친화력이 있었어요. 그 이상은 모르겠네요."

"……."

"그리고 전생에 여러 삶이 있어요. 굉장히 특별해요. 고고하고 가치 높은 삶을 사신 분들의 전생은 제가 리딩하기 쉽지 않죠. 이 셰프님의 전생은 세 개가 보였어요. 그보다 더 많을 수 있지만 제 능력의 한계죠. 이 생에서 가장 가까운 건 조선 후기였어요. 그다음은 조선 초기인지 고려 말기인지… 마지막은 저 먼 옛날이었네요. 중국 쪽인 것 같았어요."

"……!"

민규 등골이 오싹해졌다. 월하 스님의 전생 리딩은 제대로였다.

"혹시 가끔 그런 생각이 들지 않나요? 꿈이라거나 조용할 때… 아니면 사극이나 역사영화 같은 걸 볼 때 왠지 모를 친근감이 든다든지 익숙해 보인다든지……."

"그렇기는 합니다."

"역시 요리 쪽인가요?"

"맞습니다. 옛날 요리나 약재 같은 것을 볼 때 마음이 편안하고 낯익은 느낌이었어요."

"당신의 전생이기 때문입니다. 대령숙수였던 건 틀림없어요."

월화의 리딩은 단언에 가까웠다.

"이 스님이 전생 리딩으로 미국 방송까지 출연했던 분이세요. 현대 과학으로야 설명되지 않는다지만 반은 믿으셔도 돼요."

광보 스님이 보증을 하고 나섰다.

"다 믿습니다. 저한테 거짓말하실 이유가 없으니까요."

민규가 답했다. 민규 안에 들어온 세 전생. 그 흔적을 읽어낸 스님이었다. 믿지 않을 이유가 없었다.

"이거 흥미진진해지는데요. 아무튼 말입니다. 장광 거사님의 수락이 시작이었습니다. 이분이 나온다고 하니까 안동 권씨 종부님도 흔들리고 해인 스님 역시 태도가 변하더군요. 하지만 해인 스님은 지금 몸이 좋지 않아 참관하기도 쉽지 않을 것 같습니다."

손병기가 상황을 설명해 주었다.

"어디가 안 좋으신지?"

민규가 물었다.

"그게, 소변 보기가 힘든 모양입니다. 광덕대학병원에서 정밀진단을 했는데 의심을 하던 신장과 방광, 요도 쪽은 아주 좋은 편에 속한다더군요. 하지만 본인에게는 고질이다 보니 몸은 점점 나빠지고… 당신이 웃으며 하는 말이 불공은 뒤로하고 요리만 밝힌 탓에 부처님께 노여움을 산 모양이라고……."

손병기가 인터뷰 장면을 틀어놓았다.

"……!"

그걸 보던 민규 측에 불이 들어왔다. 영상에서 보이는 해인 스님의 체질은… 金형이었다. 신장 방광의 문제가 아니라 금형 체질 때문에 온 병이었다.

소변.

비뇨기과가 담당한다. 비뇨계통은 부신, 신장, 방광, 요도 등이 속한다. 하지만 한방의 관점은 다르다. 소변을 만들어내는 근본을 신장이 아니라 폐로 보는 것이다. 해인 스님의 혼탁은 요도 쪽이었지만 그 원천의 뿌리는 폐에 닿아 있었다.

"죄송하지만, 피디님."

민규가 신중하게 입을 열었다.

"예, 셰프님."

"해인 스님, 저한테 모셔 오시면 제가 고쳐 드릴 수 있을 것 같습니다. 거동 못 하실 정도면 제가 갈 수도 있고요."

"예?"

"농담 아닙니다. 이분 이대로 두면 결국 폐기(肺氣)가 말라서……."

부정적인 뒷말은 생략했다.

"어머, 그 생각을 못 했어요. 우리 혜윤 스님 고쳐주신 것도 이 셰프님이잖아요?"

광보 스님이 지원사격을 했다.

"그럼 당장에라도 모셔 올까요?"

손 피디가 물었다.

"가능하면 그래주세요. 나름 위중하신 분이니 제가 정성껏 준비를 하고 기다리겠습니다."

"이야, 이거 일이 풀리려니까 일사천리인데요?"

손 피디가 전화기를 집어 들었다. 해인 스님과의 통화를 들으며 주방으로 향했다.

세 사람을 위한 요리는 연자죽과 세 가지 과일정과였다.

"아, 이 셰프가 쑤는 연자죽은 이런 맛이었군요. 연의 속삭임이 들리는 것 같아요."

월하 스님의 감탄은 내내 그치지 않았다.

"제 것보다 백배는 낫지요?"

광보 스님이 물었다.

"백배는 몰라도 두세 배는 나은 것 같아요."

월하 스님이 답했다.

"아, 셰프님."

어느새 죽을 비워낸 손 피디가 민규를 보며 말을 이었다.

"해인 스님과 통화를 했는데 사양을 하시네요. 몸이 편치 않아 외출이 어렵고 괜한 수고 끼치고 싶지 않다고……."

"괜한 수고가 아니라 그분 성격이 꼬장꼬장해서 그래요. 다른 사람 요리를 잘 믿지 않거든요."

광보 스님이 끼어들었다.

"맞아요. 언젠가도 심한 편도선염에 걸렸었는데 그때 광보 스님이랑 저랑 하안거 끝나고 찾아뵈었거든요. 광보 스님이 죽 한 그릇 올리겠다고 하니까 아주 정색을 했어요."

월하 스님이 인증을 하고 나섰다.

"하지만 상황이 좋지 않습니다. 오시기 어려우면 제가 가져다 드려볼까요?"

민규가 세 사람을 바라보았다.

"약선요리가 나왔나요?"

손 피디가 민규 말을 받았다.

"재료 준비는 끝났습니다."

"해인 스님 절까지 부지런히 달려가면 한 시간… 해주세요. 제가 퀵으로 달려보죠."

"그럼 저도 가요. 그 스님이 따지고 보면 제 스승이거든요. 그 양반이 낸 책을 보며 공부했으니……."

"그럼 같이 움직여요. 저도 저녁 시간은 널널해요."

광보 스님이 말하자 월하 스님도 동참 의사를 밝혔다.

폐!

오행상 金에 속한다. 폐에 좋은 약재의 대표 선수는 오미자다. 폐가 약할 때 달여 마시면 좋다. 혹은 복숭아, 살구, 보리, 파, 부추 등의 약간 매운 성질을 가진 식품도 좋다. 고기로는 양고기가 첫손에 꼽힌다. 매운맛의 음식이 폐의 혈액을 순환시켜 노폐물을 제거하기 때문이다. 이외에도 인삼, 더덕, 우유,

계란의 흰자위도 유익하다.

민규가 고른 건 흔한 오미자였다. 거기에 보리를 취했다. 대학병원에서도 해결하지 못한 소변불통. 고작 오미자보리죽으로 해결이 될까?

민규가 내린 약선 처방은 상한음증(傷寒陰症)이었다. 동의보감식으로 설명하자면 '상한'은 상한양증, 상한음증, 상한표증, 상한리증으로 나뉜다. 여기서 말하는 음양은 음양기혈을 말할 때의 그 음양이고 표증과 리증의 '표리'는 열 배출이나 호흡, 소화의 문제를 포함한다.

결론적으로 상한양증은 상한에 걸려서 땀이 정상적으로 만들어지지 않는 병증이고, 상한음증은 상한에 걸려서 소변이 정상적으로 만들어지지 않는 병증, 상한표증은 호흡이 정상적으로 이루어지지 않는 병증이며 상한리증은 소화가 잘되지 않는 병증이었다.

그러나 그 원인이 모두 폐에 있으니 폐의 기운을 보하려는 민규였다. 어떻게 보면 초자연수로도 해결이 가능했다. 바로 감람수의 효능과 맞아떨어지기 때문이었다.

감람수(橄欖水)―상한음증에 특효!

그럼에도 약선죽을 만드는 건 예방 때문이었다. 모르긴 해도 스님은 오행의 섭생을 어겼다. 중이 제 머리 못 깎는다는 속담과 비슷한 일일 수 있었다. 천하의 약선요리사도 자기 식탁에 약선요리 올리기는 쉽지 않다. 어쩌면 요리사의 비극이었다. 남에게 맛난 요리를 주어 행복을 안겨주는 사람. 그러나 그 자신은 대충 한 끼를 때우는 일상. 그게 요리사의 숙명일 수 있었다.

햇보리를 하나하나 골랐다. 작은 보리 한 알도 성분 함량이 다르다. 똘똘한 놈들이 있는 것이다. 오미자 역시 같은 방법이었다. 그렇게 해인 스님의 질병 혼탁에 맞추는 것이다. 해인 스님은 약선의 거두. 그렇기에 기선 제압이 필요했다.

이 죽은 다르다.

그 느낌을 줘야 죽을 비워낼 확률이 높았다.

죽물 역시 감람수에 요수를 더했다. 하지만 분량은 2배로 만들었다. 약선과 사찰요리의 대가인 그녀의 체면을 고려한 전략이었다.

─감람수 한 병.

─약선오미자보리죽 곱빼기.

죽 위에 백후추를 살짝 뿌리고 박하 잎 두 장을 올리는 것으로 세팅을 끝냈다.

"이 죽 말입니다."

민규가 손 피디에게 당부 하나를 주었다.

"알겠습니다. 그렇게 하죠."

부릉!

손 피디의 차량이 출발했다.

해인 스님.

직접 본 적은 없었다. 하지만 그녀의 테이블에 초대를 받은 인사들이 하루를 굶고 갔다는 전설은 들어보았다. 그녀의 요리를 한 점이라도 더 먹으려는 생각 때문. 그만큼 대단한 사람이었다.

'과연 죽을 먹을까?'

민규의 시선은 손병기의 차량이 사라진 도로에 오래 머물렀다.

그리고 두 시간 후.

양경조 회장이 방문했을 때 손병기에게 전화가 왔다.

'흐음……'

심호흡을 하고 전화를 받았다.

—이 셰프님.

민규가 여보세요를 말하기도 전에 손 피디가 소리쳤다.

—뚫렸어요. 시원하게 뚫렸다고요!

"……"

—듣고 계세요? 이 셰프님이 준 죽과 약수를 마시고 해인 스님이 오줌소태를 만났다니까요.

"……"

—한 30분 동안 무려 다섯 번이나 가셨어요. 사타구니가 조금 아프긴 해도 시원해서 죽겠다네요.

"……"

—이 셰프님이 보낸 거라고 하니 한참 생각하시더니 당신이

직접 안동 권씨 종부님에게 전화를 넣어주셨어요. 당신의 건강은 공개 장소에서 요리하기에 무리니 대신 나가라고요.

"……"

—이제 됐습니다. 장광 거사가 수락했고 유혜정 종부께서 수락했으니 이 셰프님과 세 분이 나오시면 됩니다. 정말 고맙습니다.

"잘됐네요."

—그렇죠? 이제 출연하실 준비만 하십시오.

"아뇨. 해인 스님 말입니다. 고질병이 사라지셨으니……"

—아!

"주제넘은 말이지만 금형에 속하는 음식을 많이 드시라고 전해주세요."

—알겠습니다. 염려 마십시오. 지금 해인 스님도 이 셰프님께 호의적입니다. 촬영 날이 잡히면 참관은 하시겠다고 합니다.

"죽은요? 반만 드셨죠?"

—어, 어떻게 아셨습니까? 셰프님 당부대로 반 이상 먹으면 막으려 했는데 딱 반 정도 드시고 말더군요. 광보 스님과 월하 스님이 그렇게 권해도…….

"소위 가오지요. 남에게 베풀기는 즐겨도 그 자신이 남의 요리에 신세 지기는 싫은 겁니다. 그러니 신세 지는 죽을 다 먹어 치우면 머쓱하지 않겠어요. 그래서 소변을 보시는 임계점

을 반에 맞춰두었고, 그래서 더 먹으려 하면 막으라고 했던 겁
니다."

—……!

맙소사!

수화기 너머에서 손 피디의 중얼거림이 들려왔다. 민규는
가만히 전화를 끊었다.

박세가와의 일전처럼 껄끄러운 한판이 아니라 즐거운 약선,
사찰요리 한판. 기대가 되었다. 배울 점이 많을 게 분명했다.
게다가 민규는 기다리고 있는 사람이 있었다.

양경조 회장.

그를 향해 돌아섰다.

4. 나대면 다칩니다

"보여 드리게."

양경조가 실장에게 지시를 내렸다. 시장이 밀봉된 상자를 열었다. 안에는 네 개의 물병이 있었다. 모두 유리병이었다.

"이 셰프님의 말대로 분석을 해보았습니다. 첫 분석은 우리 회사 분석실, 두 번째는 서울시 보건환경연구원, 세 번째는 KIST, 24시간 이내에 분석하는 게 좋다는 조언에 따라 초광속 응급 분석 의뢰로 수행했습니다. 거기에 ITQI의 손도 빌렸죠."

"벨기에 브뤼셀에 있는 세계 최고의 식음료 품평 기관 말입니까?"

"그렇습니다."

"거기라면… 가는 동안 약수의 성분 변화가 있었을 텐데요."

민규가 고개를 들었다. 초자연수의 성분 유효시간은 대략 24시간 남짓. 플러스마이너스가 있다지만 36시간 이상은 무리였다. 그러니 노력은 가상하지만 벨기에까지는 무리였다.

"당연히 그렇겠죠. 다행히 그쪽 품평단으로 활동하는 135명 중 한 팀인 일곱 명이 아시아 관광차 상하이에 와 있다는 소식을 듣고 거기로 날아가 부탁을 했습니다."

"아!"

민규가 혀를 내둘렀다. 그야말로 최선을 다한 분석이었다.

양경조가 유리병을 정렬했다. 민규가 줬던 차례 그대로였다. 단순히 아랫사람들에게 시킨 게 아니라 직접 관여했다는 증빙이었다.

"그 결과에 따라 최대한 샘플들과 가까운 물을 만들었습니다. 시간이 짧은 게 아쉬웠지만 너무 오래 끌면 다른 기업에서 이 셰프를 채 갈 것 같아서요."

양경조는 허심탄회했다. 그래서 더 마음에 들었다.

"동생분은요?"

"우리 회사 실험실에 있습니다. 연구원들과 같이 씨름을 하고 있지요. 혹시라도 더 근사한 물 배합법을 찾아낸다면 지금이라도 달려올 겁니다."

"……."

"많이 부족합니다. 하지만 진심으로 열심히 분석을 했습니다. 동생하고 둘이서 심심산골의 물도 찾으러 다녔고요."

그러고 보니 양경조의 신발은 등산화였다. 오늘까지도 돌아다닌 모양이었다.

민규가 첫 잔을 들었다. 마비탕이다. 화타의 약수로 불리는 물로 수삼 삶은 냄새가 아련하다. 일반적인 생수나 수돗물에서는 그런 냄새가 날 수 없었다. 그렇다면 수삼 삶은 물을 그대로 들이대면 대충 비슷해질까?

그런데…….

"……!"

물맛을 본 민규가 주춤 흔들렸다. 마비탕의 냄새가 났다. 게다가 이 수삼 냄새… 끓여서 부은 게 아니었다.

'맙소사.'

민규 등골에 식은땀이 맺혔다. 양경조 회장 형제, 그들이 직접 뛰었든 아니면 사람을 시켰든 우직한 물을 찾아낸 것이다. 마비탕의 물은 인삼 경작지에서 가까운 약수가 분명했다. 그걸 끓여냈으니 민규의 마비탕 분위기가 제대로 났다.

두 번째는 정화수였다. 그 또한 민규의 정화수를 닮았다. 산골 맑은 우물을 찾아 첫 샘물을 길어 올린 것.

'이분…….'

민규가 긴장하기 시작했다. 요수도 그랬고 지장수도 그랬다. 황토물을 바닥으로 한 샘물. 민규의 초자연수만은 못해도 그 근처에는 갈 수 있는 약수들. 아무 꼼수도 부리지 않은 결과물이었다.

"어떻습니까?"

"……."

"수준 미달입니까? 그렇다면 일주일만 더 말미를 주시겠습니까? 아직 돌아보지 못한 약수터가 있습니다."

"회장님."

"다른 사업도 많습니다. 삼계탕도 있고, 잡채 같은 것도 세계적으로 통할 수 있는 아이템이더군요. 하지만 나는 셰프의 죽을 만들고 싶습니다. 간편하고, 약도 되고, 맛도 좋은 죽. 식품으로 구현할 수 있는 최적의 아이템 아닙니까? 다른 건 몰라도 즉석밥 개발에 들어간 비용 정도는 투자를 약속합니다."

즉석밥.

이제는 유명 상품이 되었다. 그러나 많은 시행착오를 거쳤다. 초기의 즉석밥은 급속 탈수 방식이었다. 편의성 측면에서 열광을 받았지만 결정적으로 맛이 떨어졌다. 다음 레벨이 동결건조. 그러나 이 제품도 밥 조직이 부서지는 단점이 나왔다. 긴 시행착오 끝에 도달한 게 첨단 무균 포장. 반도체에 필적하는 클린룸에서 여러 단점을 잡아낸 것이다.

이 과정에서 수많은 쌀들이 실험되었고 용기도 함께 업그레이드되어 나갔다. 그 공법을 위해 들어간 시설비만 100억대였다고 한다. 그러니까 양경조 역시 100억 이상을 투자하겠다는 야심이었다. 그만하면 뭘 더 바랄 것인가?

"제 말은……."

"시간을 더 주세요. 이렇게 부탁합니다."

양경조가 겸허히 고개를 숙였다.

"아니, 제 말은 이 정도면 되었다는 겁니다."

"예?"

놀란 양경조가 고개를 들었다.

"최상은 아니지만 이 정도 노력이면 제 약선죽의 맛을 제대로 재현할 것으로 믿습니다. 회장님과 계약하겠습니다."

"이 셰프님!"

"어쩌면 무례한 옵션이었을 수도 있는데 양해해 주셔서 고맙습니다."

"무슨 말씀입니까? 덕분에 우리 기술진도 한층 업그레이드 되었는데요. 잠깐만요. 이럴 게 아니라 동생을 오라고 해야겠어요. 그동안 잠도 안 자고 이 일에 매달렸거든요."

양경조가 전화를 걸었다. 동생은 정말이지 총알처럼 달려왔다.

"고맙습니다, 이 셰프님!"

차에서 내리기 무섭게 큰 소리를 쏟아내는 동생.

"제 숙제 때문에 잠도 제대로 못 잤다면서요? 들어가세요. 요리로 피로를 풀어드리겠습니다."

민규가 테이블을 가리켰다.

"아닙니다. 오늘은 안 먹어도 배가 부를 지경이네요."

동생의 목소리에는 피로감이 전혀 없었다.

형제의 테이블에는 승기아탕을 내주었다. 실장과 함께 3인분이었다. 시원하게 먹고 시원하게 계약을 했다. 놀라운 건 계약금을 그 자리에서 쏴주었다는 것.

"제품이 나오면 시식에 모시겠습니다. 계약서 말미에도 썼지만 셰프님이 OK 안 하면 시판 안 합니다. 우리 형제의 명예를 걸고 약속합니다."

마지막 옵션까지 멋지게 장식하는 형제였다.

"으아, 형. 이러다 우리 재벌 되는 거 아니야?"

종규가 반색을 했다.

"옥탑방 살 때에 비하면 이미 재벌이다. 이제 가게 대출 다 갚아도 되겠어."

"형……"

"고맙다. 형 잘 도와줘서."

"쳇, 누가 할 소리야? 침대에서 말라죽는 나를 살려준 게 누군데. 어, 그런데 저기……"

종규가 입구를 가리켰다. 식치방의 우중균 회장이 등장했다. 이번에는 김수겸 이사만 동반하고 있었다.

"이 셰프님."

김수겸의 목소리 톤도 지난번과는 달리 정중했다.

"예약이 없는 걸로 기억하는데요?"

민규가 무표정하게 말했다.

"아, 사람 까칠하기는… 예약은 안 했어요. 대신 오늘 영업 끝나면 근사한 데로다가 모시려고… 회장님 특별 지시라네. 아, 사람이 일만 하나? 저기 말이야……."

김수겸이 민규 귀에 대고 속삭였다.

"어때? 이제 좀 누릴 때도 되었잖아?"

"먼저 가서서 기다리신다고요?"

"올 거지?"

"……."

"지난번에는 미안했네. 깜박 보고서 단위를 잘못 봤지 뭔가? 회장님께서 특별히 약선요리대회 대상 우승자를 우대하는 방침으로 3억 책정했네. 나머지 옵션은 이따가… 알지? 깔 쌈한 애들 준비시켜 놓을 테니까 빨리 오라고."

김수겸은 몇 번을 강조하며 시동을 걸었다.

"뭐래? 또 뭔 개수작?"

종규가 각을 세우며 물었다.

"룸살롱에서 접대하겠단다. 자기들 모델로 일했던 몸매 작살 여자들까지 불러서."

"설마 성 접대?"

"그것까지는 아니겠지만 미인계겠지."

"으악, 저 미친 쉐이들. 콱 경찰에 신고해 버릴까?"

"놔둬라. 내가 손봐줄 테니까."

"가려고?"

"가야지. 이럴 때 누려야 되는 거 아니냐?"

"형."

"걱정 마라. 형도 생각이 있으니까."

민규가 씨익 웃었다.

저녁 시간, 마지막 예약 환자는 하남시 쪽 요양병원 환자들 팀이었다. 모두 다섯 어르신이었다.

—약선호두흑마늘표고버섯죽.

그들을 위한 약선죽이었다. 이 환자들은 말초동맥질환을 앓고 있었다. 한방침을 맞고 있지만 크게 호전되지 않았다. 원장은 이규태 박사의 제자. 이규태의 추천으로 원정을 온 경우였다.

"아이고, 다리야."

"그러게요. 비가 오니까 병 조각이 돌아다니는 것 같아."

"나는 이 다리가 내 다린지 남의 다린지 잘 모르겠습니다."

어르신들은 비명과 한탄을 겸하며 들어섰다. 똑바로 걷는 사람은 하나도 없었다.

"그쪽 두 분은 이쪽으로 앉으시죠."

민규가 자리를 정해주었다. 체질상의 분류였다.

비!

어르신들에게는 반갑지 않은 손님이다. 나이가 들면 퇴행성이거나 만성관절염 등이 생긴다. 비는 이들에게 공공의 적이다. 손마디가 쑤시고 다리가 저리다. 약을 먹어도 그때뿐, 잘 낫지 않는다. 세월을 탓하고 몸을 탓하고 관절과 허리를 탓한다.

그런데 다리가 저리고 쑤신다고 다 디스크나 관절염인 건 아니다. 말초동맥질환의 경우에도 관절염이나 디스크처럼 다리가 저리고 쑤신다. 다리에 있는 동맥에 혈전이나 지방 등이 축적되면서 혈관이 좁아진 탓이다. 이 질환은 팔도 예외는 아니다. 다리에 비해 발병 비율이 낮을 뿐이다.

그대로 방치하면 상처가 잘 낫지 않고 마비와 괴사까지 온다. 한국에서는 60대 이상의 20% 정도가 이 질환을 앓고 있다.

초기 증상은 뚜렷하지 않다. 덕분에 많은 사람이 이 질환에 대해 잘 모르고 넘어간다. 유병자들은 대개 당뇨병이나 고혈압 환자들, 심혈관질환의 위험인자를 갖고 있는 사람에게 많다. 10년 이상의 흡연 경력자도 위험군에 속한다.

검사법은 팔뚝과 발목의 수축기혈압을 측정해 계산하는 상완발목혈압지수검사로 확정한다. 이 지수가 0.9 이하이면 말초동맥질환으로 판정한다. 이후 혈관 CT나 MRI 등으로 어느 혈관이 어떻게 막혔는지를 찾아내 치료에 돌입한다.

초기에는 아스피린 등으로 치료가 가능하지만 이걸로 되지

않으면 스텐트 삽입이나 내막절제술, 혈관우회술 등의 수술이
필요하다.

문제는 이렇게 치료를 해도 혈관 위치에 따라 상당수가 5년
안에 재발하게 된다는 것.

말초동맥에 덕지덕지 눌어붙은 찌꺼기들.

뭘 먹어야 뚫어뻥처럼 시원하게 혈관이 청소될까?

다섯 손님의 체질 창을 확인했다. 모두 여섯이지만 한 사람
은 인솔자이기에 크게 신경 쓰지 않았다.

'축혈증……'

말초동맥질환의 원인이 나왔다. 다섯 모두 정도의 차이는
있지만 유사했다. 축혈증이란 상초, 중초, 하초 중에서 주로
하초에 어혈이 몰려 있는 병증을 가리킨다. 혈액이 일정한 자
리에 정체하고 노폐물이 되면서 질병의 원인이 된다. 축혈 역
시 어혈의 일종이다. 이런 사람은 대개 입이 마르기에 물로 입
가심을 하지만 그렇다고 갈증이 있는 것은 아니었다.

특징은 양치질을 좋아한다. 황달은 아니지만 몸에 노란빛이
돈다. 대변도 검은 쪽으로 나온다. 민규가 확인에 들어가자 다
섯 어르신이 거의 다 손을 들었다. 다만 안경 쓴 어르신만은
굉장히 귀찮은 표정을 지었다. 상황이 좋지 않은 사람이었다.

이 사람은 木형이었다. 목형이 나쁜 섭생에 수면장애가 겹
치면 중증 축혈증이 될 수 있었다. 아니나 다를까. 안경이 자
백을 하고 나왔다.

"나는 매운 거 좋아하니까 청양고추 좀 팍팍 넣어서 맵게 쒀주시오."

매운맛.

죄송하지만 간에 치명타입니다.

물론 안경의 어르신이 알 리 없었다.

"저 양반은 땡초로 식사할 때도 많다오. 국에도 무조건 고 춧가루 세 숟가락이야."

증인도 나왔다. 민규는 공손한 미소만 지었다. 이 세상 어 떤 의사가 환자 입맛대로 처방을 할 것인가? 이 안에서는 적 어도 민규가 식의였다.

주방으로 돌아와 식재료를 준비했다.

호두 등의 견과류.

대파, 쪽파, 양파 등의 파류와 흑마늘.

꽃송이버섯이나 표고버섯 등의 버섯류.

당귀, 소목, 천궁, 구기자, 엉경퀴, 모과.

혈관을 맑게 하고 어혈을 풀어주는 식재료와 약재는 많았 다. 가장 손쉬운 건 매운맛을 함유한 속 빈 채소들. 이런 채 소들은 혈관을 뚫는 데 명사수들이었다. 하지만 과유불급을 알아야 한다. 약간 매운 건 좋지만 너무 매우면 오히려 해가 되었다.

―약선호두흑마늘꽃송이버섯죽.

―약선엉경퀴즙병.

―궁중구기자천궁차.

세 가지로 가닥을 잡았다. 파는 양파김치로 대신할 생각이
었다. 약선죽을 안쳤다. 죽물은 해독 효과가 뛰어난 지장수에
입 마름을 없애주는 조사탕을 사용했다.

까무잡잡한 죽 위에 호두가루와 더불어 살짝 데친 꽃송이
버섯을 올리고 엉겅퀴 꽃잎 몇 장을 띄웠다. 보랏빛 엉겅퀴 꽃
잎이 기막힌 포인트가 되었다. 엉겅퀴즙병은 초록으로 구워졌
지만 그 역시 보랏빛 엉겅퀴 꽃잎 덕에 고풍스러워 보였다. 양
파김치는 붉은빛이었다. 전채로 내놓은 사과말림과 마말림에
잘 어울리는 오방색 차림이 되었다.

테이블에는 솔잎 향이 타고 있었다. 마른 솔잎과 생솔잎 타
는 냄새도 약초에 다르지 않았다. 솔잎차 또한 동맥경화에 좋
은 약재로 꼽히기 때문이었다.

"응?"

죽을 받아 든 안경 어르신이 정색을 했다. 그쪽 두 어르신
의 죽은 반 그릇이었다.

"우리는 왜 반이오? 돈은 똑같이 걷었는데? 게다가 맵게 해
달랬더니……"

당장 까칠한 반응이 나왔다.

"두 분은 약효 때문에 조금 쉬셨다 드셔야 합니다. 죽은 다
드시면 더 드리겠지만 어르신 동맥질환은 매운 걸 너무 드신
탓도 있으니 오늘은 양파김치로 만족하시기 바랍니다."

"양파?"

"양파도 오행상 매운 음식에 속하거든요."

민규가 설명했다.

"뭔 소리야? 먹으면 다 똥으로 나올 거. 귀찮으니까 한꺼번에 가져와요. 땡초도 몇 개 가져오고."

"어르신."

"어허, 어른이 말하면 듣지 않고… 이깟 죽 한 그릇을 뭣 때문에 나누어 먹고, 살면 얼마나 산다고 먹고 싶은 걸 못 먹게해. 나 땡초만 수십 년 먹은 사람이니 잔소리 말고 가져와요."

"죽은 다 드시면 곧 드리겠습니다. 하지만 땡초는 안 됩니다."

민규는 단호했다. 두 사람의 말초동맥은 제대로 막혔다. 그렇기에 지팡이까지 짚는 형편이었다. 그렇기에 1차로 내놓은 죽이 혈관 찌꺼기를 간(?) 볼 때까지 시간이 필요했던 것. 땡초는 아예 고려의 대상도 아니었다.

"어르신, 원장님 말씀 잊으셨나요? 무조건 여기 셰프님 말에 따르라고 했잖아요?"

인솔자가 주의를 환기시켰다.

"젠장, 보아하니 흑마늘 두어 알에 버섯 조금 넣고 끓인 거같은데 약선은 무슨… 하여간 다들 날강도들이라니까."

안경의 어르신이 툴툴거리며 수저를 들었다. 짜증 때문인지 신경질적으로 퍼 넣고는 빈 그릇을 흔들었다.

"먹은 것 같지도 않네. 이제 남은 거 주시오."

"일단 물부터……."

천리수를 한 잔 내주었다. 말단의 질병을 위한 지원군이었
다.

"거 더럽게 까다롭네. 죽 파는 음식점이 무슨 병원도 아니
고……."

어르신이 물을 받아 마셨다. 주방으로 돌아온 민규가 남은
죽을 퍼 담았다. 민규가 돌아왔을 때 안경의 어르신은 뭔가를
만지고 있었다. 꼬깃꼬깃 접은 종잇조각이었다.

죽을 받아먹던 안경의 어르신. 주변을 힐금 보더니 버럭 소
리를 높였다.

"이게 뭐야? 바퀴벌레 아니야?"

단 한마디.

그 한마디에 동행자들이 일제히 반응을 보였다.

음식에서 나온 바퀴벌레.

더구나 고급 약선요리집.

하느님이라도 덤덤할 수 없는 단어였다.

"이거 보라고. 바퀴벌레 맞잖아?"

안경이 내민 건 숟가락이었다. 죽물에 섞인 바퀴벌레가 보
였다.

"바퀴벌레? 아이고, 그럼 바퀴벌레죽을 먹은 거야?"

"이거 약선죽이 아니라 질병죽이구만?"

"갑자기 속이 메슥거리네."

어르신들이 한마디씩 거들고 나섰다.

"허, 이런 주제에 까탈스럽기는… 당신 어쩔 거야? 이걸 약
선죽이라고 몇만 원씩 받고 팔아? 당장 구청에 전화해서 문
닫게 해줄까?"

"……."

"원장도 그렇지. 대체 돈은 얼마나 받아 처먹는 거야. 이런
집에다 우리를 보내다니……."

"……."

"어쩔 거냐고? 다리 좀 나을까 하고 왔다가 식중독에 걸리
게 생겼어."

안경의 목소리가 자꾸만 높아졌다.

"어르신."

대처하는 민규의 목소리는 차분했다.

"왜? 할 말 있어? 나 같으면 입이 열 개라도 할 말 없겠다."

"죄송하지만 이 바퀴벌레는 우리 가게에서 나온 게 아닙니
다."

"뭐야? 그럼 내가 일부러 넣었다는 거야?"

"예!"

민규가 답했다. 주저도 망설임도 없는 전격적이었다.

"뭐야? 이 친구가 정신이 나갔나? 지금 누굴 사기꾼으로 모
는 거야?"

"사기꾼이라고 말하지 않았습니다. 하지만 이 바퀴벌레는 어르신이 가져오신 게 맞습니다."

"뭐야?"

흥분한 안경이 테이블을 내려쳤다. 민규는 차분하게 그의 방석 옆에 놓인 종잇조각을 집어 들었다.

"확인 좀 해주시죠."

접힌 조각을 인솔자에게 건네주었다. 그걸 까자 바퀴벌레 다리와 잔해가 나왔다. 종이에는 요양병원 마크가 선명했다.

"어르신!"

인솔자가 안경을 쏘아보았다.

"아, 아니야. 그건 그냥……."

"정말 이러실 겁니까? 저번에 비빔밥집에서 나온 바퀴벌레도 어르신 작품이었죠?"

"아니라니까."

"그럼 이건 뭡니까?"

"그게……."

"아, 진짜… 사람이 이러시면 안 되죠. 여기 약선죽값 비싸다고 화를 내시기에 오지 말라고 하셨잖아요. 원장님이 강제로 보낸 것도 아니고 원하는 분만 모신 거잖아요?"

"하지만 너무 비싸잖아? 맛대가리도 없고… 이까짓 죽, 돈만 원이면 찍이지 무슨 3만 원이야, 3만 원이. 3만 원이 뉘 집 개 이름인 줄 알아?"

안경은 죽값을 문제 삼았다. 이제는 민규가 나설 차례였다.

"여러분, 일단 소란을 일으켜 죄송합니다. 하지만 여러분이 드시는 약선죽은 다른 죽과 다릅니다. 우선 같은 재료라도 성분과 약성이 가장 좋은 것을 사용하고 있습니다. 예를 들어 죽에 들어간 꽃송이버섯과 호두도 최상품을 사다가 다시 선별을 합니다. 그렇게 되면 쓸 수 있는 게 많지 않지요. 하지만 약효를 위해서는 포기할 수 없는 과정이고 그러다 보니 가격이 비싸게 책정되어 있습니다."

민규가 재희를 돌아보았다. 재희가 다가와 궁중천궁차를 세팅해 주었다.

"궁중구기자천궁차입니다. 구기자와 천궁은 피를 잘 돌게 하니 혈액장애가 있을 때 쓰는 약재입니다. 이 또한 아무 데서나 구한 약재가 아니고 산의 정기를 제대로 받고 약효가 잘 맺힌 계절에 캐서 말린 것을 사용했습니다. 하지만 약선도 약에 준하니 제가 아무리 떠든들 무슨 소용이 있습니까? 중요한 건 여러분에게 효과가 있는가 없는가 하는 것입니다."

"……."

"흔한 말이 있지요. 음식 맛이 없으면 돈 안 받는다는… 오늘 여러분의 말초동맥을 위해 최선을 다했으니 차까지 드시고 난 후에 몸에 효과가 없으면 그냥 가서도 됩니다."

민규의 설명이 끝났다. 어르신들은 쭈뼛거리다가 찻잔을 들었다. 분위기와 달리 차 맛은 기가 막혔다. 한 모금에 머리가 맑아지고 또 한 모금에 몸이 가뜬해졌다. 그렇기에 찜찜한 분위기를 잊어버리는 어르신들이었다.

"응!"

첫 반응은 말초의 혼탁이 진한 어르신에게서 나왔다. 인체의 신비였다. 원래는 혼탁이 가장 약한, 말하자면 동맥질환이 가장 약한 사람이 먼저 효과를 봐야 하지만 꼭 그렇지만은 않은 것이다.

"다리가 안 아파."

자리에서 일어난 어르신이 무릎을 움직여 보였다.

"그래? 어디 나는… 응?"

두 번째 어르신도 입을 쩌억 벌렸다. 불편하던 다리가 가뜬해진 것이다. 남은 두 명도 호전을 느꼈다. 그제야 감탄과 칭송이 쏟아졌다.

"기가 막히네. 약선죽으로 몸이 짜르르하더니 엉겅퀴인가 그걸로 혈관이 후끈, 거기에 구기자천궁차가 들어가니까 뻑뻑하게 조이던 다리가 그냥 사정없이 시원해지네."

"그러게. 이게 다 계산이 된 요리였구만."

"아이고, 진짜 잘 왔네. 그까짓 돈 3만 원… 궂은 날이나 밤에 아픈 거 생각하면 300만 원을 달래도 주겠네."

"총무님, 저 양반 돈도 내가 내리다. 내가 이 다리로 한번 제대로 걷는 게 소원이었소."

기분이 좋아진 어르신들이 앞다퉈 칭찬에 나섰다.

하지만!

안경의 어르신은 황량 그 자체였다. 그의 테이블에는 천궁차를 주지 않은 것이다.

"그냥 가셔도 됩니다. 제 요리가 불만이니 어르신 계산은 받지 않겠습니다."

민규가 쐐기를 박았다. 약선이든 일반 식당이든 가장 찌질한 손님의 부류였다. 잘 먹고 이상한 걸 빠뜨린 후에 시비를 걸어 음식값을 안 내든가 보상을 요구하는 사람들. 질환은 안됐지만 진상에게까지 마음을 다한 요리를 주고 싶지는 않았다.

일행들이 마당으로 나갔다. 남은 건 인솔자와 안경뿐이었다.

"셰프……."

고개를 떨군 그가 신음 같은 목소리를 밀어냈다.

"가보시라니까요."

"미안하게 되었소."

"괜찮습니다. 사실 음식점 하다 보면 종종 생기는 일입니다."

"이거… 허튼짓을 한 배상금이오. 받으시고 나도 약선차 좀 부탁합니다."

안경이 지폐를 꺼내놓았다. 20만 원쯤 될 것 같았다.

"아닙니다. 또 바퀴벌레가 나올 텐데 어떻게 드시게요."

"잘못했다지 않소."

그가 고개를 들었다. 핏대를 올리던 눈빛은 고요하게 꺼졌다. 이제는 힘없는 노인에 지나지 않는 얼굴이었다.

"족보 있는 보약도 아니고 죽이 3만 원이라기에 화가 났어요. 전에도 2만 원짜리 약선죽을 먹은 적이 있는데 아무 효과도 없더라고요. 그러던 차에 옛날 친구 하나가 그런 말을 해요. 자기가 음식점을 했는데 공짜로 먹을 수 있는 방법이 있다고… 괜한 마음에 한두 번 써먹었더니 통하더군요. 그래서……."

"상관없습니다. 어르신 말대로 천년만년 살 것도 아닌데 내키는 대로 사십시오."

민규가 냉소로 답했다.

"셰프, 부탁이오. 나도 이 다리 때문에 밤이면 잠을 이루지 못한다오. 어젯밤에는 더했소. 거기에 비까지 오다 보니 신경이 날카로워져서……."

"당연한 일입니다. 잠이 부족하면 피가 탁해지거든요. 피로와 동시에 어혈이 쌓이게 되죠. 그 어혈 덩어리가 다른 분에 비해 단단하고 컸기에 특별히 두 번에 나누어 약선죽을 드렸던 겁니다. 한 번에 주면 저도 편할 일을 말입니다."

"깊은 마음을 몰라봐서 미안하오. 그러니 제발……."

안경의 고개가 테이블에 닿았다. 진심으로 하는 반성이었다.

"다시는 그런 짓을 하지 않을 겁니까?"

"예."

"땡초는요?"

"셰프가 먹지 말라면 안 먹겠소."

"약속합니까?"

"약속하오."

"그럼 돈은 거두십시오. 아까 말했듯이 약선차까지 다 마신 후에 효과가 있거든 내고 가세요."

그제야 약선차가 준비되었다. 안경이 찻잔을 집어 들었다. 누가 빼앗아 갈까 두 손으로 감쌌다. 그걸 마시고 얼마였을까? 안경의 몸 전체에 흐르는 정기가 보였다. 정기는 아래로 향했다. 말초동맥이었다. 뚝심으로 들이치는 약선의 힘이 막혀가는 동맥에 닿았다. 그리고, 마침내 동맥관의 찌꺼기들이 시원하게 뚫렸다.

하르르.

그의 오장육부가 상큼한 기지개를 켰다.

"됐습니다. 이제 일어나 보세요."

민규가 말했다.

"……!"

벽을 짚고 일어서던 안경의 어르신, 동작을 멈추고 숨을 쉬지 않았다.

"부축해 드려요?"

인솔자가 물었다.

"아니… 다리가……."

안경은 혼자 힘으로 섰다. 그런 다음 지팡이 없이 서너 걸음을 떼었다. 아프지 않았다. 다리에 자유가 돌아온 것이다.

"셰프……."

그의 퀭한 눈에 눈물이 흘렀다. 원래 무뚝뚝하고 까칠한 성격의 소유자. 그러나 고질병이 낫는 바에야 그도 인간이었다.

"고맙습니다."

머리가 바닥에 닿을 정도로 허리를 숙였다. 바퀴벌레의 죄를 지우는 인사였다.

"여러분, 다리 좋아지셨죠?"

인솔자가 어르신들에게 물었다.

"이제 끄떡없어."

"나는 병원까지 걸어가도 될 것 같은데?"

어르신들이 합창을 했다.

"그럼 우리 셰프님, 아니, 식의님에게 박수 한번 보내주세요."

"와와와!"

일동이 박수로 화답했다.

안경의 어르신은 가진 돈 전부를 놓고 갔다. 민규가 거절하자 메모와 함께 테이블 밑에 놓아둔 것이다.

미안합니다. 그리고 고맙습니다. 이 나이에야 제대로 된 약선 요리가 병원보다 낫다는 걸 깨닫고 갑니다. 다시는 식당에서 장 난치지 않겠습니다.

글씨에 진심이 엿보였다. 그것으로 그의 진상 짓은 아웃되 었다. 날씨도 덩달아 화창하게 개었다. 연못에 어리는 무지개 가 고왔다.

*　　　*　　　*

어르신들을 보내고 약속 장소로 나갔다. 강남의 고급 룸바 골목에서 김수겸이 기다리고 있었다.

"이 셰프님."

그가 민규를 맞았다.

"여깁니다. 아가씨들은 이미 도착했습니다."

김수겸이 룸바의 문을 열었다. 멤버십으로 운영되는 곳이라 고요했다. 룸은 복도 좌우로 펼쳐졌다. 똥꼬 치마 원피스를 입 은 여자 웨이터들의 존재가 술집을 암시할 뿐, 그냥 보면 고급 오피스에 온 기분이었다.

비리링!

VIP룸이 가까워질 때였다. 김수겸의 핸드폰이 울렸다.

"잠깐만 기다리십시오."

그가 통화를 하며 돌아섰다. 룸 문에 적인 명패가 보였다.

VVIP.

V앞에 V가 하나 더 붙었다. 장식을 보니 최고급으로 보였다. 그때 안에서 닦달하는 말소리가 흘러나왔다.

"어떻게든 구워삶으라고. 알았어?"

우중균의 목소리였다.

"같이 자야 해요?"

되묻는 여자의 목소리는 20대 초반. 밝지는 않았다.

"호텔까지만 데려가. 그럼 우리 김 이사가 알아서 할 테니까."

"이번만 하면 다시는 부르지 않는 거죠?"

"지금 나한테 옵션 거냐? 너 많이 컸다?"

"……."

"일단 다다음 주에 나가는 싱가포르 골프는 동행하고, 나중 일은 그때 가서 얘기하자."

"그때는 제가 영화 촬영에 들어가요."

"비중도 없는 조연이라며? 감독한테 적당히 둘러대. 그럼 이번 신제품 CF 고려해 볼 테니까."

"회장님."

여자가 울먹였다. 우중균이 준비하는 불손한 일. 보지 않아도 견적이 나왔다. 여자와의 관계는 더 불손해 보였다.

'역시 이런 인간이었군.'

요리 대회에서의 루머가 스쳐 갔다. 숨겨놓은 자식이라던 변창주. 그렇다면 우중균이 건드리는 여자는 한둘이 아닌 모양이었다.

'그 갑질에 경종을 울려주마.'

결의를 다질 때 김수겸이 다가왔다.

"들어가시죠."

문이 열리자 우 회장과 여자가 보였다. 검은 시스루의 여자는 황급히 몸매를 수습했다. 가슴 밑까지 풀린 단추와 허벅지까지 말려 올라간 스커트. 더 상상하고 싶지 않아서 고개를 돌렸다.

잠시 후에 마담과 여자 웨이터가 들어왔다. 아가씨도 한 명더 추가되어 회장 옆에 앉았다.

"마담, 이분이 오늘 밤 주빈이셔. 코가 삐뚤어지게 못 만들면 다시는 나 못 볼 줄 알아."

다리를 꼰 우종균이 주의를 환기시켰다.

"걱정 마세요. 정 안 되면 제가 테이블에 올라가서라도 뿅가게 만들 테니까요."

"술 가져와. 제일 비싼 걸로, 안주도 좋은 걸로."

"술은 안 마셔도 됩니다만."

민규가 선을 그었다.

"어허, 이 셰프. 가끔은 좀 누려도 보시게. 그래야 요리에도 창의성이 붙는 거야."

우중균은 일방통행이었다.

테이블을 보니 다행히 생수는 들어와 있었다. 한 병씩 따서 우중균과 김수겸에게 건네주었다. 생수 안에는 동기상한수에 취탕, 반천하수와 마비탕을 소환시켰다. 이는 격한 복통을 일으키는 새 처방. 대소변 나오는 길에 고속도로를 깔아준다는 급류수 추가는 클라이맥스를 위한 VIP급 서비스였다.

이렇게 마시면 어떤 일이 일어날까?

민규도 궁금했다.

"야, 이자인. 너 잘 모셔라. 오늘 밤 우리 목숨 줄을 잡고 있는 분이시니까."

술이 세팅되자 김수겸이 시스루 아가씨를 다그쳤다.

"자, 먼저 한 잔 받으시게. 마시고 나 좀 도와달라고."

우중균이 꼬냑을 따라주었다.

"그럼 건배할까?"

그가 잔을 들었다. 민규는 입술만 적시고 그냥 내려놓았다.

"뭐야? 건배를 했으면 잔을 비워야지?"

김수겸이 충성스러운 개가 되어 짖었다.

"비즈니스가 먼저라서 말이죠."

"비즈니스?"

"나머지 옵션 말입니다. 그걸 알고 싶습니다."

민규가 우중균을 바라보았다.

"아, 이 친구, 진짜 성질 급하네. 일단 마셔. 그런 건 분위기 좀 달아오른 후에 얘기해도……."

"저는 일이 먼저입니다."

"거 참… 좋아. 약선죽 하나 매출당 0.5% 주지. 우리가 프리미엄 전략으로 갈 거라서 개당 4,000원 잡으면 어마어마해. 연간 1억 개는 문제없거든. 자네가 아니면 이런 조건 어림도 없어."

술집 아가씨를 끼고 황제처럼 거드름을 부리는 우중균이었다.

"2%를 제의한 회사도 있습니다만."

민규가 슬쩍 딴죽을 걸었다.

"2%?"

우중균의 미간이 격하게 좁혀졌다.

"대체 어떤 듣보잡 기업이 그런 되도 않는 제의를… 그건 보나 마나 공수표야."

"듣보잡 기업이 아니고 수미식품과 육성그룹입니다만."

"푸웁!"

양주를 마시던 우중균이 술을 토해냈다. 사레가 걸린 것. 옆자리의 아가씨가 착하게도 생수를 건네주었다. 아부로 일관하던 김수겸도 물잔을 들었다.

꿀꺽꿀꺽!

물은 둘의 목 안으로 제대로 넘어갔다.

"저도 식치방이 끌리기는 합니다. 제가 대상을 받은 곳이니 친정 같아서 말입니다."

민규, 팽팽하게 당겼던 '딜'의 줄을 살짝 풀어주었다.

"그렇지? 역시 이 셰프는 신의가 있어. 남자가 그래야지. 작은 이익을 좇는 좀팽이들은 큰사람이 될 수 없네. 수미식품과 육성그룹? 지들이 뭔데? 이 셰프는 우리 사람이야, 우리 사람."

우중균이 다시 폭주했다. 고무된 탓인지 양주를 거푸 비워냈다. 거기가 신호였다. 배를 잡고 웅크리더니 인상을 박박 긁어댔다.

"회장님, 왜 그러세요."

잠시 소란이 있는 사이, 민규는 룸 안의 화장실로 향했다. 손을 씻고는 안쪽 도어의 잠금장치를 누르고 나왔다.

"배… 배가……."

회장이 엉거주춤 일어섰다.

"아, 그러고 보니 나도 배가… 일단 회장님부터 화장실로 모셔."

김수겸의 인상도 좋지 않았다.

"그럼 볼일들 보세요. 저는 잠깐 바람 좀 쐬고 오겠습니다."

민규가 밖으로 나왔다. 가까운 화장실로 갔다. 거기서 손을 씻고 나오면서 그 문도 잠금장치를 눌러 버렸다.

룸 안은 아비규환이 되었다. 흘러나오는 똥물을 막으며 화장실로 간 회장. 그러나 화장실 문이 잠겨 있었다. 김수겸이 다가와 문을 열려고 했지만 되지 않았다.

"열쇠 가져오라고 할게요."

아가씨가 인터폰을 들었다.

"그냥 둬. 차라리 바깥 화장실로 가는 게……."

우중균과 박수겸은 초인적인 힘으로 괄약근을 조이면서 복도로 뛰었다. 오물의 일부는 이미 인체 탈출을 한 상태. 손으로 구멍을 막으며 화장실에 도착했지만…….

"……!"

그 문도 잠겨 있었다.

"으으……."

더는 참을 수 없었다. 나이 먹은 우중균의 괄약근이 먼저 무장 해제가 되었고 김수겸의 그것도 회장의 길을 따라갔다.

뿌직뿌지직!

소리도 요란하지만 손으로는 막을 수 없었다. 덩어리가 아니라 요거트 수준의 액체였던 것이다.

"회장님, 열쇠요. 아, 대체 누가 문을……?"

소식을 듣고 달려온 마담과 웨이터, 엄청난 악취에 발을 멈추고 말았다.

"회장님……."

마담의 이마가 미친 듯이 구겨졌다. 바지를 타고 흘러내린 누런 액체들. 그건 보통 사람에게서 볼 수 있는 분비물이 아니었다.

"까악!"

마담이 비명을 질렀다. 그 소리에 다른 룸의 손님들이 튀어 나왔다.

"우어어!"

우중균은 손으로 얼굴을 가리기에 바빴다.

"회장님."

민규가 다가섰다.

"요리 대회 인연을 생각해 식치방과 조건을 조율해 볼 생각 이었는데 그냥 없던 일로 하겠습니다."

"으으……."

"위생적으로 봐도 무리고요."

냉소를 남긴 민규가 돌아섰다.

"야, 뭐 해? 회장님 부축하지 않고?"

김수겸이 시스루 아가씨를 우중균에게 밀었다. 여기서 반전 이 일어났다. 시스루 아가씨, 그 손을 뿌리치더니 부축을 받으 려는 우중균을 거칠게 밀어버렸다.

"개자식들. 모델 일 한 번 준 거 가지고 맨날 불러대 술 시 중이나 들게 하더니 이젠 똥 시중까지 들라고? 다시는 당신들 꼴도 보고 싶지 않으니까 나 찾지 마. 찾으면 이 장면 찍은 거 공개해서 개망신을 줄 테니까."

시스루는 김수겸까지 밀치고 돌아섰다.

밖에서 기다리던 민규가 시스루에게 생수를 건네주었다. 우중균과는 달리 냉천수였다. 화병에 직방이니 그녀의 안정에 도움이 될 일이었다.

"고마워요."

속이 풀린 그녀 눈에서 눈물이 배어 나왔다. 택시를 태워 보내고 민규도 집으로 향했다.

추가로 부연하자면 우중균의 참사는 유티비에 올라가고 말았다. 목격자가 많았으니 누구의 소행인지는 알 수 없었다. 제목부터 통쾌했다.

[갑질 회장의 똥질 추태.]

5. 아름다운 승복

"으아악, 십 년 묵은 체증이 다 내려가네."

"저도요. 아직도 그런 악질이 있다니……."

유티비를 본 종규와 재희가 환호를 질렀다. 경찰 수사까지 들어가는 모양이었다.

"갑질은 말이야, 인류가 존재하는 한 사라지기 힘들어. 어쩌면 나도 재희에게 갑질 셰프일지도 모르고."

민규가 말했다.

"아, 아니에요. 셰프님이 왜요?"

"그게 서로 좋을 때는 잘 모르거든. 하지만 사이가 나빠지면 심각하게 부각이 되지. 나도 많이 당해봤거든."

"셰프님도요?"

"저 위에 차만술 사장 집에서도 그랬고 밥의 명가로 소문난 찰미집 주방장도 그랬어. 때로는 그런 것들이 수련의 과정이라는 이름으로 미화되기도 했고."

"……."

"재희 너도 그런 때 없어? 내가 너무 심하게 연습을 시킬 때."

"그럴 때 야속하기는 해요."

"그러니까 일상에서 서로의 인격을 존중하는 일은 쉬운 게 아니야. 우중균 회장은 재고의 여지없는 악질이지만 서로가 조심해야 한다는 거지."

"와아, 셰프님은 역시 마인드부터……."

"형, 지점장님 오실 차례야. 그다음 예약은 박세가와 변재순이고."

"알았다. 준비하자."

민규가 두건을 이마에 묶었다. 남자는 때로 세 번을 묶는다. 두건과 넥타이, 그리고 허리띠. 그렇게 묶는 건 함부로 나대지 말라는 의미다. 특히 여자에게… 우중균은 그걸 잊고 망각한 것이다.

방경환 지점장.

그 부부를 초대하는 건 대출금 때문이었다. 이제는 갚을 능력이 되었다. 그렇기에 따뜻한 요리 한 접시 대접하면서 인사를 전하고 싶었다. 메뉴는 궁중붕어찜과 궁중연근죽이었다.

"이 셰프님!"

방경환은 약속 시간에 제대로 도착했다. 은행에서 잔뼈가 굵은 탓인지 시간관념이 정확했다.

"안녕하세요? 사모님."

사모님에게도 따로 인사를 챙겼다. 지점장은 더러 왔지만 사모님은 첫 방문이었다.

보글보글.

붕어찜이 익어가는 동안에 3종 초자연수 세트를 내주었다. 이제는 민규네 초빛의 16,000원짜리 정식 메뉴가 된 초자연수. 물의 약효가 탁월하므로 차처럼 물만 먹으러 오는 사람도 많았다.

"와아, 물잔이 예술이네요?"

사모님이 좋아했다. 초자연수 유리잔은 특히 여자들에게 인기 만점이었다.

"셋이 각기 다른 약수입니다. 드시면 머리도 맑아지고 피부도 좋아지실 겁니다."

민규가 설명했다.

"어머, 피부도요?"

사모님이 반색을 했다. 젊으나 늙으나 여자들은 예쁜 것에 대한 열망이 강했다. 그렇기에 피부와 살빛이 좋아지는 추로수를 빼놓지 않은 민규였다.

"요리 나왔습니다."

민규가 테이블을 장식했다.

—궁중붕어찜.

—궁중연근죽.

단아하게 세팅된 요리를 본 지점장의 시선이 굳었다. 그는 알고 있었다. 이 요리가 무얼 뜻하는지. 자신을 강건하게 키워 준 아버지. 그 아버지가 생의 말미에 먹고 싶어 하던 정통 궁중요리. 많은 요리사들이 실패했지만 민규의 요리만은 개운하게 드시고 북망으로 걸어가신 아버지…….

"지점장님."

"……."

"선대인 생각이 나시나요?"

민규가 조심스레 물었다.

"그렇네요. 요리를 보니 갑자기……."

"자식은 부모를 닮는다고 하죠. 추억을 불러올 생각보다는 지점장님도 좋아하실 거라는 생각에……."

"좋아합니다. 그날의 아버지 대신 아내가 앞에 앉았군요. 이 정도면 좋은 편이죠."

"제게도 좋은 추억을 남긴 요리입니다."

"이 셰프님에게도요?"

"그 요리 덕분에 지점장님을 알게 되었죠. 지점장님 덕분에 약선요리대회에 나갔고, 그 인연으로 이 가게를 내게 되었습니다. 붕어의 인연이죠.”

“이 셰프의 탁월한 요리 솜씨 덕분입니다. 대한민국이 인정
하는 일 아닙니까?”

“첫 단추를 잘 꿴 덕분입니다. 저를 믿고 무리한 대출을 해
주신 지점장님 덕분이고요.”

“제 기쁨입니다. 은행원 하면서 기억에 남는 대출 몇 개가
있는데 잘릴 각오하고 지원한 공장 사장님의 회사가 강소기업
으로 거듭나 세계 최고의 제품을 만들었을 때하고, 이 셰프
님… 지난번 궁중요리 방송은 한마디로 전율이었습니다. 제가
본 셰프님이 이무기가 아니라 용이었더군요.”

“과찬이십니다.”

“아니에요. 우리 집사람도 그랬습니다. 우리 집에 이 셰프가
처음 온 날, 그냥 내쫓았으면 평생 후회하며 살았을 거라고
요.”

“별말씀을…….”

“죄송하지만 빈 그릇 하나만 주시겠습니까? 이 붕어 요리,
아버님이 좋아하실 거 같아서…….”

지점장이 말했다. 민규가 접시를 주자 가장 실팍한 살점을
덜어 고이 놓았다. 그런 다음에야 식사를 시작하는 지점장이
었다.

제사와 조상 챙기기.

오늘에 이르러서는 고리타분한 일이 되었다. 제사가 없어질

날이 머지않았다는 말도 지배적이다. 하지만 낳고 길러준 아버지를 생각하는 마음은 천년만년 후에도 먹먹한 감정이 아닐 수 없었다.

"가시가 없네요. 방송에서처럼……."

지점장이 붕어를 가리켰다.

"예. 이제 잔재주가 조금 늘었습니다."

"이 셰프님이라면 그럴 수밖에요. 요리에 대한 열정과 해박한 이론. 과거의 허튼 틈까지 메워가는 분이니 오죽하겠습니까?"

"그저 먹는 분의 편의를 생각할 뿐입니다."

"그러고 보니 연근죽의 잣이 황금색입니다. 이것도 셰프님의 작품이죠?"

"그 또한 그저 감사의 마음으로……."

"황공하네요. 진짜 왕의 밥상을 받은 기분입니다. 입에 착착 감기는 죽에 넘기는 대로 정기와 진액이 되는 것 같은 이 궁중붕어찜… 메뉴판의 금액으로는 턱도 없는 것 같습니다."

"하지만 오늘 두 분에게는 돈을 받지 않습니다."

"예?"

민규 말에 지점장이 고개를 들었다.

"반대로 제가 돈을 드리려고요."

"셰프님."

"다행히 제 약선죽을 상품화하시겠다는 분이 계셔서 목돈을 좀 받았습니다. 그 돈으로 대출금을 상환하려 합니다."

"이 셰프님, 그 돈은 한두 푼이 아닐 텐데?"

"압니다. 내일 은행으로 가서 상환하겠습니다."

"……!"

"다 지점장님 덕분입니다. 그 고마움, 늘 간직하고 살겠습니다."

민규가 공손히 허리를 숙였다. 지점장은 넋을 놓은 채 대꾸를 하지 못했다. 식당을 인수하겠다고 받아 간 대출. 1, 2억이 아니었다. 몇 년 안에만 갚아도 대박에 속할 일. 그런데 몇 달도 되지 않아 상환을 하겠다니 놀라지 않을 수 없었다.

"그렇다면 이 셰프님."

지점장이 겨우 정신 줄을 세우며 입을 열었다.

"예."

"오늘 나는 이 요리값을 내야겠습니다."

"지점장님."

"저희 아버님 기억하십니까?"

"그야……."

"그때 셰프님께 따로 요리값을 치렀었죠? 우리가 미리 입금을 했음에도 말입니다."

"예……."

"아버님이 붕어죽을 같이 드시면서 말씀하시네요. 이번에는 네가 고마움을 표하라고. 아버님이 원하던 붕어찜을 먹으며 행복했던 만큼 너도 뿌듯하지 않냐며."

"지점장님."

"저를 불효자 만들 생각은 아니겠죠?"

"……."

"여보, 당신도 들었지?"

지점장이 사모님을 향해 찡긋 신호를 보냈다.

"당연하죠. 대출금 상환 기념으로 빵빵하게 드리라던데요?"

사모님은 한술 더 뜨고 나왔다. 부부는 닮는다더니 그 말이 딱이다. 민규는 기꺼이 선대인(?)의 하사금을 받았다.

박세가가 오기 전에 청소를 했다. 마당을 쓸고 주방을 정리했다. 요리의 기본은 무엇일까? 식재료일까? 아니면 손맛일까? 아니, 다 틀렸다. 요리의 기본은 정리 정돈에 청결이었다. 아침 뉴스를 보니 유명한 식당 하나가 아작이 나고 있었다. 기본을 소홀히 하다가 위생 점검에 걸린 것이다.

끓여 먹는데 어때?

이런 생각은 위험하다. 요리는 갓난아이에도 자신 있게 내줄 수 있는 환경을 갖춰야 했다. 그 시작이 정리 정돈, 그리고 행주와 도마, 칼 관리였다.

재희와 종규에게도 그것만은 혹독하게 가르쳤다. 설령 갑질로 비난한다고 해도 상관없었다. 이 기본 역시 세 전생의 공유에서 강화되었다. 박세가가 온다고, 변재순이 온다고 따로

하는 청소가 아니었다. 청소는 맛있는 요리만큼이나 기분을
상쾌하게 만드는 일이었다.

남는 시간은 공부를 했다. 세 전생으로부터 전수된 요리의
궁극. 하지만 아직도 공부하고 응용할 게 많았다.

박세가.

변재순.

이유야 어쨌든 궁중요리의 쌍벽들. 거기에 영부인까지 겹치
니 어깨가 무거워지는 민규였다. 하지만 걱정 따위는 하지 않
았다. 어쩌면 잃어버린 궁중요리의 원형을 찾을 수 있는 사람
은 민규일 수밖에 없었다.

먼 고대 중국의 이윤.

고려 말 대령숙수의 원조 권필.

조선 후기 최고의 식의 정진도.

셋을 연결하면 궁중요리 원형의 단서가 나올 수 있었다. 그
누구도 할 수 없는 일이었다.

삼국시대의 궁중요리는 어땠을까? 그 연결점에 고려의 권필
이 있었다. 그의 요리는 이성계의 숙수에게 이어졌다. 그야말
로 조선궁중요리의 길잡이가 되는 셈이었다.

다음 주자는 정진도. 그는 의원이었지만 식의로 명성을 떨
쳤다. 그로 인해 당대의 대령숙수들과도 교분이 있었다. 미천
한 재료에 담긴 진솔한 맛을 궁중에 전수하기도 했었다.

요리는 보수적.

그 명제는 어쩌면 다행이었다. 지금처럼 국적 불명의 퓨전들이 오래전부터 판을 쳤다면 궁중요리의 원형 따위는 존재하지도 않을 일이었다.

"민규 사장, 동상이 수박을 좀 보내왔어."

늦게 출근한 황 할머니가 수박 두 통을 내려놓았다. 검은 줄이 또렷한 놈들이었다.

"으악, 나 수박 킬러인데. 고맙습니다, 할머니!"

종규가 반색을 했다. 척 보니 좋은 놈과 나쁜 놈의 두 가지였다.

"어떤 게 더 잘 익었을까?"

민규가 물었다.

종규와 재희가 수박 감별에 들어갔다. 두드려 보고 꼭지를 살핀다.

통통!

소리는 비슷하다. 숙련자가 아니고는 소리의 차이를 구분하기 힘들었다.

"나는 이거."

"나는 얘가 잘 익은 거 같아요."

종규와 재희의 의견이 갈렸다.

"이유는?"

민규가 확인에 들어갔다. 찍어서 맞추는 건 요리사에게 의미가 없었다.

"얘가 소리가 좋아."

"저는 얘 꼭지가 약간 시들어서요. 수박은 후숙으로 파니까 갓 딴 거보다 이삼일 지난 게 잘 익었을 거 같아요."

"땡!"

민규가 고개를 저었다.

"결과만 보면 재희가 맞았다. 하지만 소리가 좋다는 건 추상적. 꼭지의 싱싱한 정도로 하는 것도 무데뽀. 소리로 하자면 맑은 소리가 나면 속이 꽉 찬 수박, 둔탁한 소리가 나면 속이 덜 찬 수박. 아울러 꼭지는 그렇게 보는 게 아니라 꼭지가 몸통을 누른 듯 들어가 보이면 속이 덜 찬 수박."

민규가 시범을 보였다.

통통!

퉁퉁!

설명을 듣고 보니 소리가 달랐다. 꼭지 역시 종규의 것은 수박 몸통을 살짝 누른 듯 보였다. 종규와 재희가 수박을 갈랐다. 재희 것은 속이 단단하고 실했다. 반면 종규의 것은 빈 곳이 많았다.

"형은 인간도 아니라니까."

종규가 입술을 삐죽거렸다.

수박은 씨가 많았다. 씨 없는 수박에 비해 당도가 약할 수 있었다. 하지만 노지에 심은 탓인지 깊은 맛이 좋았다. 씨는 민규가 해결했다.

우레타공의 뼈와 씨 발라내기. 반으로 가른 수박의 등을 칼등으로 쳐주니 끝이었다. 수박씨는 검은 우박처럼 우수수 쏟아졌다. 종규가 따라하지만 수박만 깨질 뿐이었다.

"아, 수박도 인간 차별하네."

종규가 툴툴거릴 때 박세가와 변재순이 도착했다.

두 대가는 야외 테이블에 모셨다.

"식당을 제대로 만들었군?"

주변을 돌아본 박세가의 평이었다.

"아직 부족한 것투성이입니다."

민규가 겸손히 답했다.

"전복죽에 각색회, 편육과 죽병, 절육이 되시겠나?"

"혹시 선생님 생신이십니까?"

"허어, 귀신이군. 그럼 그 뒤의 요리도 알고 계시나?"

"전치적에 열구자탕, 각색적에 화양적을 올리면 신정황후의 팔순잔치상이 될 것 같습니다만."

"……!"

민규의 답에 두 대가가 소스라쳤다. 그저 한번 떠본 박세가. 그러나 민규는 마치 자신이 그 상을 차린 듯 찬품을 꿰고 있었다. 공부를 한 덕분이었다. 의궤 속에 나오는 연회상 차림도 틈틈이 재현해 보는 민규였다.

"식사는 뭐가 나왔는지도 아세요?"

이 질문은 변재순이 맡았다.

"온면에 완자탕, 만두를 올렸습니다.

"후식은요?"

"숙실과에 3색정과, 다식과 약반에 어숙, 과일을 올렸죠."

"세상에. 움직이는 의궤네요, 의궤."

변재순이 박수를 쳐주었다.

"그것들은 다 먹은 것으로 하고 고종의 동치미냉면이나 한 그릇 부탁하네."

박세가가 마무리를 지었다.

고종의 동치미냉면.

어렵지 않았다. 약선요리대회에서 만들었던 그 냉면이었다. 이후로도 찾는 분들이 있어 간간이 만들어낸 냉면. 달고 시원한 배를 숟가락으로 떠내 초승달 모양으로 푸짐하게 올렸다.

"냄새를 보니 두 냉면의 맛이 다른 것 같군? 그런가?"

박세가가 민규에게 물었다.

"두 분의 체질과 건강상태가 다르기에 육수 맛에 변화를 주었습니다."

"허어, 역시……."

박세가가 고개를 끄덕였다.

"제대로군. 육수 맛이 담백하니 환상적이야. 고종 황제께 올라간 냉면 맛이 이랬을 테죠. 그렇죠?"

냉면 맛을 본 박세가가 변재순에게 물었다.

"내가 피부 소양증이 있는데 냉면이 들어가니 가려움증이

잊혀요. 나처럼 말로만 약선이 아니라 진짜 약선이네요. 질박한 맛에 시원한 어울림까지… 먹으면서도 믿기지가 않아요. 이 셰프처럼 젊은 요리사가 마치 수십 년 관록의 대령숙수처럼 궁중요리를 재현해 내니……."

"그러게 궁중요리의 축복이지요. 이제 변 여사께서 이 셰프와 함께 궁중요리를 잘 살려 나가세요."

"무슨 그런 말씀을… 박 선생님도 힘을 보태셔야죠."

"아닙니다. 나는 논란도 많은 사람이고… 이 셰프처럼 능력 있는 후배가 나왔으니 물러나는 게 좋습니다. 더 버티면 추해요."

"선생님……."

"내가 끼면 수도이귀(殊途異歸)가 될 수 있습니다. 길도 다르고 이르는 곳도 달라지죠. 이 셰프는 좋은 것을 배우고 나쁜 것을 버렸지만 나는 그 반대라 나쁜 것을 앞세우고 좋은 것을 감췄습니다."

"하지만 후학을 길러내셨지 않습니까?"

"그래서 더욱 물러나야 한다는 겁니다. 돌아보니 나는 요리만큼이나 스승으로서도 바르지 못했더군요."

"선생님."

"전에도 그런 말을 들었습니다. 판에 박힌 요리를 찍어내는 제자들이 아니라 자기 색깔을 갖는 제자들을 키워야 하는데 판박이를 만들고 있다고요. 좋은 재목들에게 자신의 색깔을 갖도록 가르치지 못하고 따라쟁이를 양산했으니……."

"선생님."

"오랫동안 눈먼 시간을 살았습니다. 해서, 오는 길에 요리로 번 돈을 모두 요리 대학에 장학금으로 기증했습니다."

"그, 그런……."

변재순이 소스라쳤다.

장학금 기탁.

쉬운 일이 아니었다. 그것도 요리로 벌어들인 돈을 전부 요리에 환원하다니…….

"그리고 이 셰프."

"예?"

박세가가 민규를 돌아보았다.

"내가 몸담고 있던 대학과 궁중문화연구원 등에 부탁을 했네. 내 자리에 자네를 불러 궁중요리의 질을 높여달라고."

"저더러 대학에서 강의를 하란 말씀입니까?"

"나 같은 늙은이도 했는데 자네가 못 할 게 뭔가? 나보다 백배는 나을 걸세."

"……."

"당장은 전임강사로 시작하시게. 교수 자리를 달라고 했더니 규정상 그건 어렵고 2년 안에 보직을 내주겠다고 했네."

"뜻은 고맙지만 사양합니다."

"사양?"

"죄송하지만 저는 이제 겨우 궁중요리와 약선요리의 맛을 알아가는 중입니다. 강의란 그 분야의 진국 정도는 되어야 할 텐데 저는 갓 끓어오른 국물이니 아직 맹탕입니다. 그런 자리는 다른 전문가에게 맡겨주십시오. 저는 요리의 도에 손이라도 얹어본 후에야 생각해 보겠습니다."

"이 셰프."

"죄송합니다."

"허어, 과연… 과연… 자네가 왜 나보다 나은지 성정에서도 알 것 같군. 요리란 마음으로 만드는 것이니 나에게 없는 아름다운 마음이 자네에게 있었어."

"과찬이십니다."

"아닐세. 자네가 내 눈을 뜨게 해주었어."

"……."

"자네의 강철 같은 신념과 신묘한 요리, 맛난 요리처럼 정갈한 마음씨… 그런 자네를 만나지 못했다면 나는 아직도 아집과 독선, 오만으로 궁중요리의 왕처럼 행세하고 있었을 걸세."

"……."

"하지만 이제 깨달았지. 내 요리는 허상이었다는 것. 이건 영부인께도 말씀을 드렸네. 변 여사께서 섭섭하게 들릴지 모르지만 궁중요리나 약선요리가 필요하면 이 셰프를 중용하라고 했으니 그것만은 사양치 마시게. 모자란 선배가 자네에게 주는 선물이라네."

"선생님."

"나는 우물 안 개구리로 만족했지만 자네는 더 먼 세상으로 가길 바라네. 프랑스, 중국, 일본… 겁먹을 거 없네. 자네라면 오천 년 한국 요리의 우수성을 만방에 떨칠 수 있을 걸로 믿네."

박세가가 손을 내밀었다. 민규가 주저하자 변재순이 민규 손을 잡아 박세가에게 묶어주었다.

"방송에서 보여준 그 패기와 실력, 계속 정진해 나가길 바라네."

"선생님……."

박세가는 그렇게 떠나갔다.

그나마 떠날 때를 아는 사람. 민규는 그의 노후가 평안하기를 빌었다.

6. 마음으로 차린 약선

　사찰약선요리 빅 매치는 빠르게 연결되었다. 손 피디의 추진력 또한 전광석화였던 것이다. SBC 김선달 프로그램에서 받은 자극은 강력했다. 그 방송은 두고두고 회자되었다. 우선은 요리의 질이었다. 박세가와 민규가 경쟁한 요리. 게다가 자리에 배석한 사람들 또한 쟁쟁한 전문가들. 그들조차 인정한 요리다 보니 화제가 될 수밖에 없었다.

　또 하나의 이슈는 영부인이었다. 그녀가 한국 요리에 관심이 많아 외교에서도 한국 요리를 알리는 데 힘을 쓴다는 건 알음알음 소문이 난 일. 하지만 현직 대통령의 영부인이 먹방 프로그램에 출연한 것 또한 파격이었던 것이다.

손 피디는 그 분위기를 이어가고 싶었다. 궁중요리는 약선요리다. 사찰요리와 종갓집의 비법 요리 또한 약선에 가깝다. 그러니 그 열기에 기름을 부을 욕심이었다.

걸림돌은 해인 스님과 종갓집 종부였다. 그러나 민규가 해인 스님의 마음을 얻으면서 급물살을 탔다. 그렇기에 민규가 출연했던 개국특집 편 이상 가는 시청률을 꿈꾸고 있었다.

"이 셰프님!"

방송국에서 민규를 맞이한 건 김 작가였다.

"어, 아직 차 안 바꾸셨어요?"

민규의 탑차를 보더니 한마디 던지는 김 작가.

"보기 안 좋나요?"

민규가 물었다.

"그런 건 아니지만 셰프님이 이제 너무 유명해지셔서……."

"유명세로 요리하나요? 장 보러 다니는 데는 저게 최고입니다. 자가용 같은 건 짐도 얼마 싣지 못하고 시트를 버릴까 봐 재료를 함부로 다룰 수 있거든요."

"역시 셰프님 마인드는 다르시군요."

그녀가 앞장을 섰다. 회의실에 들어서자 손 피디가 보였다.

"셰프님."

그는 오버액션으로 민규를 반겼다. 뒤를 이어 장광 거사와 안동 권씨 종가의 종부 유혜정이 들어섰다. 해인 스님도 함께였다.

"안녕하세요?"

민규가 정중히 인사를 챙겼다.

"이 셰프님?"

해인 스님이 다가왔다.

"예."

"지난번에는 신세 많이 졌어요. 셰프님 약선죽 먹고 몸이 너무 좋아진 거 있죠?"

"별말씀을……."

"아니에요. 정말 대단해요. 죽 한 숟가락, 한 숟가락에 진기와 진액이 가득 맺히는 느낌이었어요. 몸이 받는 느낌은 분명 약인데 맛은 선계의 맛… 솔직히 또 먹고 싶네요."

"언제든지 오시면 준비해 드리겠습니다."

"자자, 앉으시지요들."

손 피디가 자리를 정리했다. 민규와 유혜정, 스님들이 앉자 차가 나왔다.

"아, 이렇게들 앉아주시니 뿌듯합니다. 대한민국의 산해진미가 막 쏟아질 것 같아요."

손 피디가 분위기를 띄웠다.

"우리 두 스님 손맛이야 서방정토 부처님 손맛인 줄 일찍이 알고 있지만 젊은 분이 대단하시네. SBC 방송 찾아보고 깜짝 놀랐어요."

장광 거사가 민규를 바라보았다.

"아닙니다. 아는 것도 없는 주제에 말이 많았던 것 같아서 송구할 뿐입니다."

"그게 아는 거 없는 거면 우리는 어쩌라고요? 나 같은 놈은 그저 밥상 차리는 재주밖에 없다오."

"……."

"처음에는 방송국에서 뭔 헛짓인가 했는데 그 방송 보니까 덜컥 겁이 나지 뭡니까? 이거 괜히 개망신이나 당하는 건 아닌지……."

"……."

"게다가… 이건 혼자 생각인데 우리 이 셰프님, 기시감이 있었어요. 살면서 만난 적은 없는데 분명 어디서 만난 듯한 데자뷔……."

"이제 보니 저도 그런 것 같네요."

민규도 동의했다. 어디선가 본 듯한 느낌. 하지만 선명하지는 않았다. 월하 스님의 말에 의하면 장광 거사는 영정조 대의 대령숙수. 어쩌면 그때 민규의 전생인 정진도와 인연이 있었는가 싶었다.

이래저래 인사가 길었다. 장광은 성격이 털털해 싫지 않았다. 종갓집 종부도 단아한 모습이 보기 좋았다. 요리의 일가를 이룬 사람들이라 그런지 특별히 튀지도 나서지도 않았다.

"이 방송의 취지에 대해서는 미리 말씀을 드렸고… 다시 정리하자면 먹거리 홍수 시대에 건강한 섭생을 보여주자는 취지입니다. 우리 한국도 어느새 고도비만을 걱정하는 사회가 되지 않았습니까? 게다가 편리성이 추구되면서 집밥이 멸종 직전이다 보니 인스턴트식품만 늘어가고, 음식점들 역시 손님 입맛 맞추기 쉬운 단맛에 매운맛, MSG로 떡을 치는 환경이라 건강한 섭생을 보여주고 싶었습니다."

손 피디가 설명을 시작했다.

"여기에 정체불명의 퓨전 요리가 아니라 우리 요리를 보여줘야 한다는 사명도 있고… 자연주의 식탁이 일부에서 조명을 받고는 있지만 접근하기 어려운 게 사실 아닙니까? 그러니까 이런 기회에 일상식으로도 가능한 자연의 맛을 선보이면 여러분의 부가과 함께 국민적 식생활 개선에도 도움이 될 것으로 봅니다."

"……."

"이 방송은 기 방영물처럼 인물 탐구나 분해가 아니라 세분을 통한 축제로 승화시키고 싶습니다. 따라서 촬영도 아예 시민들 속에서 진행할 생각입니다만."

"시민들 속에서요?"

장광이 물었다.

"서울광장 말입니다. 거기다 요리 스튜디오를 차리고 시민들과 함께하는 거죠. 사찰요리에 궁중요리, 약선요리, 종갓집 비법 요리. 세 분 선생님이 요리를 만들면 시민들이 구경도 하고 맛도 보고… 먹방이라는 게 늘 인기 연예인들 불러다가 맛

있어요 호호호, 끝내줘요 하하핫, 호로록 짭짭 하는 식 아니
었습니까? 자연식답게 인위적인 연출은 다 버리고 가자는 겁
니다."

"손 피디님이 그리는 건 옛날 장터로군요. 왁자지껄 생동감
이 살아 있는……."

장광이 웃었다.

"맞습니다. 시식은 현장 추첨, 소감도 솔직 담백, 외국인 취
재진 등도 초대할 계획입니다. 질박한 우리 요리 축제 한번 여
는 거죠."

"너무 번잡하지 않을까요?"

유혜정이 조심스러운 의견을 냈다.

"어쩌면 왁자지껄에 번잡함이 콘셉트일 수도 있습니다. 하지
만 세 분의 동의가 필요합니다."

손병기가 좌중을 돌아보았다. 유혜정이 장광 거사와 의견
을 나누고 있었다. 민규는 먼저 대답하기도 뭣해 잠시 숨을
골랐다.

"우리 이 셰프님 생각은 어때요? 요즘이야 젊은 사람들이
이끌어가는 세상이니……."

종부 유혜정이 민규에게 총대를 밀어놓았다.

"개인적으로는 좋다고 생각합니다. 재미날 것 같네요."

민규의 대답은 주저가 없었다.

"그럼 답 나왔네요. 젊은이가 앞서면 우리도 따라가는

거죠."

장광 거사가 웃었다.

"으아, 고맙습니다. 사실 여러분이 반대할까 봐 조마조마했거든요. 대신 요리를 도와주실 만한 분들은 한두 분씩 모셔오셔도 괜찮습니다."

손병기가 주먹을 움켜쥐며 반색을 했다.

서울광장에서 공개방송.

초유의 결정이 나왔다.

"다만 방송이라는 특성상, 특별한 볼거리를 한두 개 준비해주셨으면 합니다."

"하핫, 어째 그 말이 안 나온다 했어요."

손병기의 속내를 알게 된 장광이 웃었다.

"죄송합니다. 방송이라는 게 워낙……."

"나는 연잎 반 맨드라미 반의 태극국수를 만들어보지요. 그 자리에서 순식간에 만들어내는 기법으로 말입니다. 사찰 행사나 외국인 행사 때 해봤는데 워낙 때깔이 좋아서 볼거리가 되더라고요."

"그럼 유 선생님은 안동 권씨 종가의 대표격인 각선어채 좀 안 될까요?"

각선어채.

생선숙회와 같은 계열이다. 생선숙회가 생선 중심이라면 어채는 다양한 재료와 함께 녹말가루를 더해 데쳐낸 후에 초장과 곁들이는 것. 원행을묘정리의궤에는 수어채로 나오지만 궁중연회에서는 각색어채로도 불렸다. 유혜정이 종부로 있는 종가에서는 이 요리를 가문 대대로 전수해 원형에 가깝게 유지하고 있었던 것.

"해보죠. 하지만 각색어채만으로는 좀 허전하니 안동찜닭풍의 소를 넣은 소방(所方)을 곁들일게요. 그게 모양이 우아하고 맛도 좋거든요."

"소방이요? 그렇다면 너무너무 감사하죠."

피디가 반색을 했다. 소방은 옛 문헌 '요록'에 나오는 고기만두의 일종이었다. 하지만 석류모양으로 쥐어내는 만두피가 우아미의 극치를 이루는 요리. 손병기가 반색할 만했다.

"우리 시할머니 말씀이 좋은 건 나눠야 한다고 했으니 이번 기회에 많은 사람이 우리 요리를 보고 자주 식탁에 올리면 더 좋죠."

유혜정이 답했다. 역시 우리 것을 지키는 사람의 심보는 모양새부터 달랐다.

"우리 이 셰프님은 역사적 내력이 있는 필살기 하나 없습니까? 지난번 SBC에서처럼……."

손병기의 흑심이 민규를 겨누었다.

"두 분께서 그렇게 정성을 들이신다면 저도 역사성을 한번 물들여 보겠습니다."

민규가 나섰다.

"있습니까?"

"고구려의 장(醬)과 허균의 도문대작에 나오는 산초장 '초시(椒豉)' 재현, 거기에 한국 밥상의 대표 선수 김치로 백제김치 수수보리지의 재현이면 되겠습니까? 마침 두 분의 요리와도 어울릴 것 같은데… 국수라면 장에 비벼도 되고 각색어채와 소방 역시 장과 김치가 필요하니 찰떡궁합이지요."

"고구려의 장과 백제의 김치가 가능하단 말입니까?"

손병기가 촉각을 세웠다. 놀라기는 장광과 유혜정도 마찬가지였다.

"완벽하지는 않지만 가능합니다. 장은 고구려의 분묘 묘비석에 전하는 기록이 있고 김치 역시 '고사기'라는 곳에 나오는 레시피를 읽었습니다. 한두 번 해본 적이 있는데 그걸 종합해 응용하면 구현이 가능합니다."

"아, 그렇게만 된다면……."

손병기가 주먹을 불끈 쥐었다. 장광과 유혜정도 동의하므로 그렇게 방향을 잡았다.

고구려의 장, 시.

백제의 김치 수수보리지.

레시피는 자체가 전하는 건 아니었다. 하지만 도전할 가치가 있었다. 삼국시대의 기록과 고려의 맛을 연결하면 되는 것이다. 다행히 삼국시대에서 고려까지 음식 문화의 변화는 그렇게 개혁적이지 않았다.

"좋습니다. 그럼 각 요리에 대한 레시피나 참고 자료 등은 미리 좀 보내주시기 바랍니다. 저희도 자료 화면을 만들어야 하고 최소한의 검증도 거쳐야 하니까요."

손병기가 회의를 마무리 지었다.

'기대되는데?'

회의를 마치고 차에 올랐다. 시동을 걸고는 피식 웃었다.

삼국시대의 장과 김치, 도문대작 초시의 시연을 공언하고도 쫄지 않았다. 오히려 기대감에 가슴이 뛰고 있었다. 짧은 시간 동안, 민규는 엄청나게 변해 있었다. 유치원에 도착하면 그 앞에서 기도를 하던 민규…….

'오늘은 제발 무사히 넘길 수 있기를.'

편식 아이들이 두렵고, 원장의 시선이 두렵던 출장 요리사 시절. 그때의 찌질함은 어디에도 남아 있지 않았다.

*   *   *

"셰프님!"

초빛에 도착하자 재희가 손을 흔들었다.

"왜 나와 있어?"

차에서 내린 민규가 물었다.

"손님이 왔어요."

"손님? 예약은 없는 걸로 아는데?"

"그랬는데… 셰프님이랑 무지막지 친하다고……."

"나랑?"

민규가 시선을 돌렸다. 외제 차가 보였다. C나 E 시리즈가 아니라 S 시리즈. 적어도 1억 4천은 나갈 고급차였다.

"종규는?"

"경동시장에 약재 좀 받으러 갔어요. 올 때 되었어요."

"친구 만나나? 늦네?"

민규의 시선은 연못에 있었다. 연못가에 잡초가 많이 자랐다. 그걸 정리해야 했다. 방송국에 가기 전에 조금 했지만 아직 깔끔하지 않았다.

일단은 실내로 걸음을 뗴었다.

"이어, 이 셰프!"

안에 들어서기 무섭게 느끼한 목소리가 실내를 울렸다.

"……!"

민규가 걸음을 멈췄다. 잘못 들은 게 아니었다. 느끼마왕 나선태였다. 식의감의 사장님이 납신 것이다.

"잘 있었어?"

옆에는 고참 셰프 조병서가 보였다.

"웬일이시죠?"

민규가 물었다. 조병서는 몰라도 나선태는 민규 좋으라고 찾아올 인간이 아니었다.

"웬일이라니? 내 밑에서 일하던 사람이 국대급 셰프가 되었는데 당연히 찾아와야지."

나선태가 꽃다발을 내밀었다. 꽃은 좋았다. 그래서 더 긴장이 되었다. 이 인간이 투자할 때는 위험했다. 손해 보는 일은 하지 않는 인간이기 때문이었다.

"여기 뭐가 제일 비싸나? 푸짐하게 한 상 차려 오라고."

나선태가 가오를 잡았다.

"제일 비싼 건 황금궁중칠향계입니다. 약재를 보강하고 금박을 씌우면 100만 원도 받습니다만."

"어, 얼마?"

"100만 원이오. 더 비싸게 맞출 수도 있습니다."

"100만 원?"

나선태의 미간이 확 좁혀졌다. 10만 원쯤 생각했던 모양이었다.

"걱정 마십시오. 미리 예약하신 게 아니라서 준비하지 못합니다."

"그래? 아, 이거 아쉽네. 100만 원이 아니라 500만 원이라도 먹어보고 싶었는데… 그럼 뭐 마실 거라도 좀 내오게. 약선차… 그래, 약선차도 비싼가?"

"인종의 원방제호탕이라면 20만 원은 받아야 합니다만."

"……!"

"그것도 예약이 아니니 준비가 안 됩니다. 사장님 체질이 土형이니 거기 좋은 구기자차나 한 잔 내오겠습니다."

"그, 그래. 그게 좋겠군."

니선태는 이마의 식은땀을 주체하지 못했다. 가오 한번 잡으려다 식겁을 한 것이다. 그를 뒤로하고 주방으로 향했다.

"저 사람들 언제 왔어?"

"한 30분 되었어요. 셰프님 없다고 해도 안 가시고… 따지고 보면 자기 제자뻘이라고……."

"제자?"

코웃음이 나왔다. 불쌍한 셰프들 등이나 치는 주제에 스승을 논하다니. 생각 같아서는 그냥 돌려보내고 싶었지만 조병서 셰프 때문에 참았다. 민규가 어려운 시절, 많은 위로를 준사람이었다.

"드세요."

구기자차를 세팅했다.

"이야, 구기자차가 이런 맛이 나네? 진액이야, 진액. 안 그래요?"

나선태가 조병서를 바라보며 호들갑을 떨었다.

"그렇군요. 맛이 진하면서도 부드럽습니다."

바르르.

대답하는 조병서의 손이 떨렸다. 그제야 그의 병력이 떠올랐다. 손목이 떨리는 근육병 때문에 좋은 호텔에서 밀려난 사람…….

"일단 앉아. 응? 앉으라고."

나선태가 설레발을 쳤다. 남의 식당에 왔지만 조금의 거침
도 없었다.

"잠깐 앉겠습니다만, 곧 예약 손님이 올 예정이라 준비를 해
야 합니다."

"그렇게 바빠? 하긴 요즘 핫한 셰프지. 내가 옛날부터 알았
어. 이 셰프가 대성할 줄."

"……."

"그래서 내가 하드 트레이닝을 시킨 거 아냐? 이 셰프는 야
속했을 수도 있지만 이렇게 성공하고 나면 알게 되지. 그래도
우리 식의감에 있었을 때의 일이 많은 도움이 되지?"

개자식!

하마터면 그렇게 말할 뻔했다. 저 뻔뻔하고 능청스러운 착
취에 속이 터지던 날이 얼마였던가? 그래도 종규를 돌봐야 하
기에 참고 또 참았던 민규……

"본론이나 말씀하시죠?"

민규가 돌직구를 뿌렸다.

"본론? 아, 본론이야 이 셰프 보러 온 거지. 격려도 좀 하
고… 보기 좋잖아? 내 밑에서 일하다 보란 듯이 성공한 사람.
아, 언제 방송에 출연하면 내 얘기도 좀 슬쩍 끼워달라고. 그
럼 내가 여기 손님 좀 밀어줄 테니까. 나 그런 능력 정도는 있
는 거 알지?"

"손님은 지금도 충분합니다."

"어, 그래? 그래도 다다익선이라고 더 많으면 좋지."

"그게 목적이면 저는 일어납니다. 준비할 과정이 많습니다."

"에이, 사람이 왜 이래? 오랜만에 봤는데."

나선태가 민규를 잡았다.

"사장님."

"알았어. 알았다고. 뭐 나랑 이 셰프가 각별하다면 각별해서 형님의 마음으로 이런저런 얘기 좀 할까 했는데 바쁘다니 어쩔 수 없고."

"……."

"언제 한번 특강 좀 해줘."

비로소 본색이 나왔다.

"특강요?"

"강남에 유치원 하나가 새로 생겼는데 이게 영어반과 중국어반 전문이야. 한 달 원비가 100만 원 이상이라 부모들이 방귀 좀 뀌는 사람들이지. 그러다 보니 편식 아이들이 많더라고. 내가 지금 추라이 중인데 이거만 뚫으면 우리 식의감 홍보가 제대로 되거든."

"싫은데요?"

"왜? 거기 사모님들이 다 쟁쟁 막강하다고. 이 셰프도 같이 뜨는 일이야. 출장비는 200만 원 챙겨줄게, 200만 원."

200만 원.

딴에는 인심을 쓴 금액. 하지만 이제는 돈에 휘둘릴 민규가
아니었다.

"이미 말씀드렸지만 제 손님은 지금도 충분합니다."

"이 셰프……."

"사장님 회사에도 셰프들 많지 않습니까? 그분들 보내서 키
워주십시오."

"나도 그러고 싶지. 하지만 사모님들 눈높이가……."

"그럼 유명한 셰프 한 사람 스카우트하시면 되지요. 사장님
배포가 그 정도는 되잖습니까?"

"그, 그게……."

"그럼 그만 가보시죠. 비즈니스 바쁘시지 않습니까?"

"이 셰프……."

질색이 된 나선태를 두고 일어섰다. 나선태의 인상이 팍 구
겨지는 게 보였다. 잠시 후, 신경질적으로 일어선 나 사장. 조
병서를 남겨두고 혼자 가버렸다.

"조 셰프님."

민규가 혼자 돌아가는 조병서를 불렀다.

"사장이 여기 간다기에 나도 좀 태워달라고 했거든. 개업했
다는 소리는 들었는데 화환도 하나 못 보내고 해서 인사라도
하려고. 나 사장은 우리 집이랑 반대쪽에 볼일이 있어서……."

조병서가 미안한 표정을 지었다.

"손은 아직 안 나왔더군요?"

"손? 늘 그렇지 뭐."

조병서가 쓸쓸히 웃었다.

"저기 좀 앉아계세요. 제가 그 손에 맞는 약선요리 한번 만들어볼게요."

민규가 야외 테이블을 가리켰다.

"예약 손님 온다면서?"

"나 사장 꼴 보기 싫어서 한 말이었어요. 조금은 시간이 있습니다."

"아니야. 바쁜데 괜히 신경 쓰지 마. 난 그냥 이 셰프가 잘된 거 본 걸로도 흐뭇해. 식의감에 있는 셰프들도 다 내 일처럼 좋아하더라고. 희망이 되는 거지."

"저는 셰프님에게 손목을 위한 약선죽 한 그릇 바쳐야만 흐뭇할 거 같은데요? 식의감 있을 때 저한테 잘해주셨잖아요? 그때 조 셰프님이 큰 힘이었거든요."

"이 셰프."

"개업을 축하하러 오신 거 아닙니까? 그럼 답례 요리는 먹고 가셔야죠. 그래주실 거죠?"

"이 셰프……."

"따로 모셔서 대접하고 싶었는데 자리 잡느라고 연락 못 드렸습니다. 그러니……."

"그러시게. 그럼 염치 불고하고 국대급이라는 요리 솜씨 좀 보겠네."

조병서가 웃었다.

조병서 손의 경련.

지난번에 고쳐준 주수길과는 약간 달랐다. 조병서의 장애는 한의학적으로 전근(轉筋)이라 불린다. 피에 열이 스며들면 생기는 병이다. 그 출발은 간이었다. 간에 열이 뭉쳤으니 얼굴이 푸른 기를 띠고 손톱도 메말랐다.

"혹시 대변은 잘 보시나요?"

민규가 물었다.

"그닥 신통치 않아. 하지만 대략 보고는 있지."

"손은 새벽에 좀 더 심하죠?"

"어? 족집게네?"

조병서의 눈이 휘둥그레졌다.

확인은 끝났다. 조병서의 장애는 간열, 그게 전근이 되었다.

따라서 간에 맺힌 열을 내리는 약선이 필요했다.

물은 납설수에 천리수를 준비했다. 납설수는 열을 다스리는 데 긴요하다. 손은 말단이니 천리수로써 말단까지 가는 힘을 보태는 구성이었다.

"천천히 드시고 계십시오."

"……!"

두 물잔을 본 조병서 눈이 휘둥그레졌다. 이건 자신이 일하던 특급 호텔에서도 보기 힘들 정도로 세련된 잔이었다. 민규는 아무 일 아니라는 듯 물러났다. 기왕 대접하는 거라면 제대로 할 생각이었다.

식재료는 뭐로 할까?

약선을 하다 보면 늘 이류보류(以類補類)를 생각한다. 이류보류는 무리로써 무리를 보한다는 뜻이니 인체에 부족한 게 있으면 동물의 그것으로 대체한다는 원리였다.

손발의 근육에 문제가 생길 때 좋은 건 노루 힘줄이었다.

하지만 흔히 쓰는 재료가 아니다 보니 구하려면 시간이 걸렸다.

식재료를 확인했다. 노루 힘줄은 없지만 그 못지않은 것들이 있었다.

—약선모시조개아욱죽.

—약선산수유부추전.

—약선결명자차.

메뉴는 셋으로 정했다. 모시조개와 아욱은 간에 좋다. 산수유와 부추 역시 두말하면 잔소리. 하지만 오늘 약선에 있어 포인트는 결명자였다. 앞선 요리로 이들로 간의 정기를 살린 후에 결명자로써 간의 열독을 칠 생각이었다. 성분이 알찬 결명자를 골라 열을 다스리는 초자연수 납설수로 끓여냈다. 조병서에게 비치는 혼탁과 잘 맞아떨어졌다.

아욱죽과 산수유부추전.

어떻게 보면 너무나 평범한 요리. 하지만 민규가 내온 요리는 클래스가 달랐다. 질박한 질그릇의 기품 때문이 아니었다. 허접한 요리를 황금 접시에 담는다고 빛이 날 것인가? 모시조개가 들어간 아욱죽은 신선의 음식 같았고 산수유를 오려넣은 부추전의 색감 또한 궁중의 세련미가 고스란히 엿보였다.

"이거?"

조병서가 고개를 들었다. 부추전 때문이었다. 그가 아는 기름으로 부친 게 아니었다.

"대나무 기름으로 부쳤습니다. 간에 열이 있을 때 많이 쓰는 방법입니다. 모시조개와 아욱도 마찬가지입니다."

"이 셰프……."

"아직은 감격하지 마십시오. 약선이라는 건 맛과 동시에 효과가 우선입니다. 맛만 좋다면 약선이 아니라 그냥 먹거리입니다."

"……."

"그럼 저는 차를 준비하겠습니다."

민규, 마치 왕을 대하는 듯 정중하게 돌아섰다. 조병서는 요리를 보고 있었다. 단아했다. 이건 대충 차려낸 음식이 아니었다. 특급 호텔에서 근무했기에 누구보다 잘 아는 그였다.

'이런 요리라면……'

잘 먹어주는 게 예의지.

그 역시 셰프, 셰프의 바람을 알기에 죽을 한 숟가락 떴
다.

"……!"

첫 숟가락에 알게 되었다. 자신의 생각이 얼마나 사치였는
지. 먹어주는 게 아니라 저절로 들어갔다. 그야말로 허겁지겁
이었으니 맛에 홀려 버린 것이다.

"약선결명차입니다. 결명자가 별것 아닌 것 같지만 간에 쌓
인 열독을 다스리고 간열을 내리는 데 명약이죠. 약효를 살리
는 약수에 셰프님 열을 상쇄할 성분량을 맞췄으니 다 드시면
손이 가뜬해질 겁니다."

민규가 잔을 놓았다. 보통 약선차 잔보다 조금 큰 용량이었
다.

"말만 들어도 고맙네."

조병서가 잔을 들었다. 두 손이었다. 한 손으로 들면 떨리기
에 그런 모습을 보이고 싶지 않았다.

'좋아진다.'

민규의 시선은 조병서의 간에 있었다. 간에 맺힌 사나운 혼
탁이 흐려지고 있었다. 그렇게 긴장이 풀려가는 순간, 한 모금
쯤 남기고 차를 넘기던 조병서가 돌연 컵을 떨구고 말았다.

와창!

컵이 떨어지면서 테이블이 엉망이 되었다. 조병서의 두 손
은 사시나무처럼 떨고 있었다. 동시에 민규의 기대도 신기루

처럼 무너져 갔다.

식재료의 분량은 체질 창의 병소 혼탁과 제대로 맞췄다. 그렇다면 뭐가 문제?

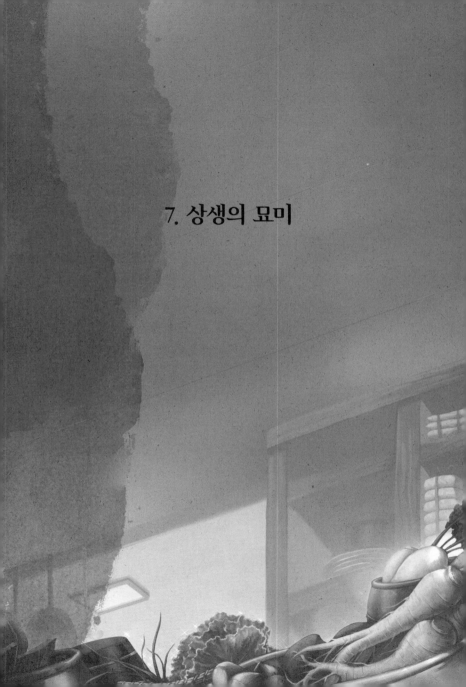

7. 상생의 묘미

"조 셰프님."

민규가 다가서자 조 셰프가 손을 들어 막았다. 그의 손이 물잔을 집었다. 손은 여전히 떨리고 있었다. 겨우 집어 드는가 싶더니…….

와창!

다시 떨어지는 물컵.

"……."

조 셰프의 시선은 자신의 손에 머물렀다. 왼손으로 오른손을 만진다. 이제는 척추까지 떨었다.

"셰프님."

"쉬잇!"

조 셰프가 민규를 진정시켰다. 그러더니 한 번 더 물컵을 들었다.

"······!"

이번에는 민규의 눈빛이 미친 듯이 떨었다.

조병서의 손.

허공에 고정이 되었다. 근육에 강직이 오면서 흔들리던 손이 고정된 것이다. 그가 물컵을 위아래로 흔들었다. 그러다가 허공에서 STOP.

STOP.

정지가 되었다. 손은 더 이상 흔들리지 않았다.

"이 셰프."

"조 셰프님."

두 사람의 시선이 허공에서 만났다.

"이거··· 믿어야 하나? 내 손이 아무렇지도 않아? 쥐도 안 나고 떨리지도······."

"조 셰프님."

"보라고. 전후좌우··· 기울이고 흔들어도 끄떡없어."

"······."

"세상에··· 이 손이 낫다니. 수술도 안 된다는 손이 약선요리로?"

"축하합니다."

민규가 손을 내밀었다.

"이 셰프!"

조 셰프가 격하게 민규를 안았다.

"고마워, 정말 고마워."

이제는 목소리가 떨리고 있는 조 셰프. 더불어 눈물까지 흥건해지고 있었다.

"우세요?"

민규가 웃었다.

"울어야지. 내가 이 손 때문에 얼마나 고생을 했는데… 이 손 때문에 외국 VIP의 만찬 요리가 조금씩 늦어졌는데 호텔 회장의 아들인 새파란 나이의 이사에게 치욕과 모멸을……."

조 셰프의 몸이 와들거렸다. 회한이었다.

요리사의 생명은 무엇일까?

오래전 임진왜란, 한 도공은 자신의 생명이 손이라고 생각했다. 왜군들이 한국 도자 문화의 우수성을 알아 도공을 납치해 갈 때 왜군을 위해 혼을 다하는 작품을 만들 수 없다며 눈을 찔렀다. 맹인이 된 도공, 왜군의 납치 대상에서 빠졌다.

왜군이 물러간 후, 맹인은 아들의 도움을 받으며 물레를 돌렸다. 수십 년 백자를 만들어온 조선 최고의 도공. 원래는 눈을 감고도 자기를 만들 수 있었지만…….

"……"

물레는 전 같지 않았다. 손은 그 손이지만 손의 균형을 잡아주는 눈이 없었다. 손만으로는 격조 높은 자기를 만들 수 없었다. 그제야 알았다. 도공의 생명은 손이 아니라 '손과 눈'이었다는 사실.

요리사의 경우도 닮은꼴이었다.

요리사의 생명은 손일까? 눈일까? 혀일까? 미식에 관한 절대 미각일까?

아쉽게도 어느 하나만을 꼽을 수 없었다. 그렇기에 뛰어난 셰프였던 조병서. 칼질하는 오른손의 경련과 쥐가 반복되면서 아성이 무너지고 말았다. 입으로 말하는 요리사는 필요가 없었던 것.

자신이 잘하는 일. 혹은 자신이 좋아하는 일에서 밀려나는 고통은 말로 형언하기 어려웠다. 다른 사람들은 입담이 좋아 얄팍한 셰프 경력으로 방송이니 먹방이니 하면서 펄펄 날았지만 그는 그 길도 가지 않았다. 진정한 요리사는 주방에서 죽는다는 게 그의 신념이기 때문이었다.

그렇게 찾아간 식의감. 나선태는 그를 받아주었지만 실력 때문이 아니었다. 조병서의 경력을 홍보하고 그의 경험을 이용하려 했을 뿐. 그나마 최저임금을 살짝 넘는 선의 월급으로 수용한 것뿐이었다.

"이 셰프……."

회한의 눈물은 오랫동안 그치지 않았다. 민규가 냅킨 몇 장을 건네주었다.

"축하합니다."

민규가 그를 바로 세워주었다.

"내 손……."

그의 시선이 다시 손으로 내려갔다. 쥐어도 보고 펴도 보지만 끄떡없는 손. 그 옛날, 화려한 스킬을 선보이던 셰프의 손이 분명했다. 그 손을 보며 민규도 미소를 지었다. 손톱… 윤기가 돌아와 있었다. 간장의 열이 풀렸다는 방증. 그렇기에 조병서의 간에 아련하던 혼탁은 거의 흔적뿐이었다.

"부탁 하나 해도 될까?"

"말씀하세요."

"나, 잠깐 칼질 좀 해봐도 될까?"

"문제없습니다."

민규가 기꺼이 주방을 내주었다. 도마 앞에서 조병서가 칼을 잡았다. 일반 조리용이었다. 그의 눈빛은 몹시 신중했다. 우려와 긴장의 반복을 깨고 칼이 움직였다. 당근을 썰었다. 뚜걱뚜걱 두툼하게 썰어냈다. 절반 가까이 해치우더니 이번에는 클리버를 잡았다. 클리버는 중식도나 정육도로 불린다. 무겁고 단단하다. 그걸 들고 잠시 바라보더니 무를 썰기 시작했다.

사삭!

다닥!

다다닥!

다다다다닥!

소리가 변하기 시작했다. 속도가 변하기 시작했다. 나중에
는 차라리 눈이 부실 정도였다. 다음은 섬세하게 돌려 깎기에
들어갔다. 그가 베어내는 무는 차라리 습자지였다. 그걸로 갱
을 치자 마치 투명한 실처럼 보였다.

"……"

칼을 놓은 그가 갱을 친 무를 집어 들었다. 눈동자에 파란
이 일었다. 또다시 회한의 시간을 곱씹는 듯한 표정이었다.

"이 셰프."

주방을 나온 그가 민규에게 다가왔다.

"고맙네. 진심으로……"

정중하게 허리를 조아리는 조병서.

"별말씀을요. 어쨌든 정말 다행입니다."

"이 은혜를 어떻게 갚을까?"

"은혜라니요? 같은 셰프입니다. 셰프님 실력이 아까워 하늘
이 내린 선물일 겁니다."

"이 셰프……."

"간의 깊은 곳에 열이 있었습니다. 다행히 내렸지만 과로하
시면 재발될 수도 있습니다. 그렇게 되면 근육의 원천인 종근
이 상할 수 있는데 종근이 다시 망가지면 약선요리로도 치료
가 어렵습니다. 그러니 너무 무리 마시고 음양곽을 꾸준히 복
용하세요. 식재료 중에 노루 힘줄이 좋으니 가능하면 가끔 요

리해서 드시고요."

"하지. 자네가 하라면 쥐라도 잡아먹겠네."

"다시 한번 축하드립니다. 이제 좋은 요리 많이 해주세요."

민규가 조병서의 손을 잡았다.

"셰프님, 예약 손님이 오셨어요."

주방 입구에서 재희가 소리쳤다. 조병서와의 감격은 거기서 끝이었다. 기쁘고 또 기쁜 일이지만 민규에게는 손님이 우선이었다.

황금궁중칠향계를 준비할 때 종규가 돌아왔다.

"왜 이렇게 늦었냐?"

일곱 약재를 고르며 민규가 물었다.

"재료 차가 늦는 바람에… 미안해. 형은 방송국 갔던 일 잘 됐어?"

"서울광장에서 공개 요리를 하기로 했다."

"으악, 서울광장?"

"끝내주지 않냐? 툭 트인 곳, 그것도 서울의 심장에서 선보이는 약선요리 퍼레이드……."

"하여간 형의 배포는… 나 같으면 존나 떨릴 거 같은데……."

"가서 연못 정리부터 해라. 하다가 말아서 보기 안 좋더라."

"알았어."

종규가 밖으로 뛰었다.

민규는 마지막으로 닭을 손질했다. 이른 아침 도착한 재래 닭은 최상급이었다. 푸른 숲 냄새와 풋풋한 황토 냄새가 배어 나왔다. 이게 닭이었다. A4 용지 하나 크기의 닭장에서 자란 닭은 결코 명함도 내밀 수 없는 풍미.

하지만 닭은 주의해서 다뤄야 할 식재료의 하나였다. 자칫 하면 다른 식품을 오염시킬 수 있었다. 원인은 바로 캠필로박터라는 균.

이놈들은 야생동물이나 닭 등의 가금류 장내에 존재한다. 생닭을 씻을 때 그 핏물이 튀면 거기 섞여 다른 식재료를 오염시킨다. 그렇기에 닭을 씻을 때는 주변에 채소나 음식은 범접 금지였다. 생닭을 다룰 때는 채소, 육류, 어류 다음에 생닭을 씻는 게 좋다. 손질이 끝나면 손과 도마, 칼 등을 깨끗이 닦아야 한다. 이 균의 잠복기는 2일에서 7일 정도. 열을 동반한 두통이나 근육통, 구토와 복통에 설사까지 동반한다.

"형!"

닭 손질이 끝났을 때 종규가 들어왔다.

"벌써 끝났냐?"

"그게 아니고……."

"아니면?"

"누가 다 정리를 했던데? 형이 한 거 아니야?"

"뭐야?"

민규가 연못으로 나왔다. 연못가는 정말이지 잔디밭을 보는 듯 깔끔했다. 그제야 조병서 생각이 났다. 도로 편을 바라보지만 그는 보이지 않았다. 핸드폰을 체크했다. 문자가 들어와 있었다.

[이 셰프, 정말 고맙네. 너무 고마운데 해줄 일은 없고, 연못 주변이 좀 산만하길래 손목 운동도 할 겸 벌초 실력 좀 발휘해 봤네. 새 일자리 얻거든 한번 초대할게.]

"......!"
문자를 본 민규, 시선이 문자에서 떨어지지 않았다. 조 셰프의 따뜻한 마음이 반짝이고 있었다. 문자가 아니라 진심이었다.

[조 셰프님은 하실 수 있을 거예요. 멋진 요리 초대받는 날을 기대하겠습니다.]

답문을 보냈다. 기분이 좋았다.
"나 없는 사이에 무슨 일 있었어?"
종규가 물었다.
"있었지. 식의감의 왕재수, 나 사장이 왔었거든."
"정말?"
"그래서 기분 최고다."

"왜? 그 인간, 좋은 사람 아니라면서?"

"같이 온 분이 진국이시거든. 팔이 아파서 좋은 셰프 자리에서 밀려나고 식의감에서 나 사장 눈치받으며 일하고 있었는데 이제 다시 컴백하실 거다."

"형이 고쳐줬구나?"

"그래."

대답을 하며 연못을 보았다. 깔끔하게 정리되어 연못에 비치는 푸른 하늘. 그 연꽃 위에 올라앉은 잠자리가 더 평화롭게 보였다.

* * *

초침은 멈추지 않는다. 행복한 시간에도, 슬픈 시간에도 초침은 흘러간다. 흘러가면서 수많은 사연을 만들어낸다. 지구의 반은 여자, 지구의 반은 남자. 그 많은 사람들이 사연을 만들어낸다. 좋은 일이 생기고 나쁜 일이 생긴다.

민규의 일상도 그랬다. 손님의 성향은 천차만별이었다. 약선죽을 먹고 불편함이 나아 감사하는 사람도 있었고, 그냥 쌩까는 사람도 있었다. 체질 창으로 확인을 했는데도 약선요리 때문이 아니라 병원 약 때문이라고 우기는 사람도 있었다.

상관하지 않았다. 그게 지구의 일상이었다.

호사다마.

민규에게도 그 일이 일어났다. 서울광장에서 만들 요리의 식재료 건이었다. 할 일이 많았다. 고구려의 장, 시를 위한 실험이 진행 중이었다. 단 하루면 만들었다는 시. 그러나 서울 광장에서는 한두 시간 안에 만들어야 했다. 시범이야 어렵지 않았다. 문제는 맛. 요리는 언제나 맛이 핵심인 까닭이었다.

다행히 초자연수로 답을 찾았다. 장맛을 살리는 우박수와 12간지를 응용했더니 그럴듯한 맛이 나왔다.

도문대작의 초시장에는 초피가 필요했다. 하지만 이 초피, 고춧가루 대용으로 쓰기에는 과정이 너무 많았다. 그래도 허튼 과정 없이 김치를 준비했다. 여러 궁리 끝에 '여뀌'와 '마름'도 살짝 첨가했다. 모두 옛날 김치에 쓰이던 재료들이었다, 고춧가루는 없지만 맛은 괜찮았다.

고구려의 장을 위해 메주까지 준비하니 다음 고민이 남았다.

전통 장터처럼 푸근하게 한판 벌이는 전통요리 축제. 번거롭지 않으면서도 전래의 맛을 전하는 요리가 없을까?

특선 맛보기로 야생초죽을 정했다. 이제는 잊혀가는 한국의 음식들. 너무 평범하고 초라한 재료들이라 사라지는 것을 돌려놓고 싶었다. 스타트가 밥으로 시작하니 갈래도 다르지 않았다.

그건 단지 사라지는 것에의 미련 때문이 아니었다.

요리는 맛!

그것까지 증명할 수 있으면서도 가장 '한국적인' 식재료였던 것이다.

서울광장의 녹화가 있기 하루 전, 김순애와 일당들이 쳐들어왔다. 천명화 화백이 죽은 뒤 오랜만에 뭉치는 목화여고 88회 여걸들. 효도를 겸해 다들 어머니를 모셔 왔다.

모두 야생초죽 예약이었다. 묵전, 화전, 야생초전에 과일정과를 몇 개 곁들였다. 이날의 화전은 궁중원방이었다. 지져낸 게 아니라 참기름에 튀겨낸 것. 꿀에 재워내거나 잣가루, 밤가루에 굴리니 연로한 어머니들에게 별식이 되었다.

하지만 으뜸 요리는 단연코 야생초죽이었다.

"아이고, 이게 정말 새팥죽이네. 죽기 전에는 다시 못 먹어볼 줄 알았는데……."

"이건 댑싸리씨앗죽이에요. 아이고, 우리 엄니가 이거 징하게 끓여줬는데……."

"광대나물에 옥매듭도 있어요."

"내 건 무릇죽이에요. 어릴 때 이거 까느라고 눈물 콧물 다 흘렸어요."

80줄에 들어선 어머니들. 눈물이 아른거릴 정도로 감격하고 있었다. 죽 한 그릇, 야생초전 하나에서 추억을 만나는 것이다. 그 추억 안에서 정다운 사람들이 걸어 나왔다. 돌아가신 할머니, 어머니, 그리고 그리운 친구들. 이제는 바래고 바래 흔적만 있던 기억들이 야생초 음식 덕분에 생생하게 다가

온 것이다.

"이 죽 한 숟가락 더 먹으려고 우리 언니하고 그렇게 싸웠는데……"

"나는 다 퍼지지도 않은 죽을 몰래 훔쳐 먹다가 볼을 덴 적도 많아요."

어머니들이 먼 추억을 당겨 오면 딸들은 콧등이 시큰해졌다. 이렇게 좋아하는 분들을 이제야 초대했다는 자책과 뿌듯함 때문이었다.

"아이고, 기특도 하지. 이렇게 젊은 양반이 이런 죽을 잊지 않고 만들어내다니. 내 서울 온 지 40년도 넘었지만 이런 요리는 처음이라오."

"나도 그래요. 이런 건 그저 가난할 때나 먹지, 사람이 못 먹는 음식인가 보다 했는데……"

이구동성 속에 한 어머니가 쌈짓돈을 꺼내 쾌척했다. 무려 20만 원이었다.

"받으세요, 이 셰프님. 우리 어머니 성의잖아요."

민규가 주저하자 봉명주가 성화를 했다.

"아이고, 나도 줄라요. 그리고 순애야, 네 아버지 제사상에도 이거 한 그릇만 시켜다오. 네 아버지가 좋아하시던 건데 이거 보면 무덤에서 벌떡 일어나서 달려올지도 몰라."

김순애의 모친도 하사금 대열에 끼었다.

결국 죽을 더 쑤게 되었다. 어머니들의 먹성이 발동한 것이다. 맛도 어릴 때의 그 맛인 데다 부드러운 죽이기 때문이었다.

"형, 그 재료 내일 서울광장 가져간다며?"

종규가 우려를 표했다.

"걱정 마라. 오늘 새 재료가 오기로 했거든. 이번에는 저번보다 많이 올 거라고 황 할머니가 말하셨다. 내가 이걸로 방송 나갈 거라고 하니까 갓 들어온 거로 가져가라고……."

"그래?"

빈 접시는 다시 죽으로 채워졌다.

"이 셰프님, 저번에 오셨던 주용길 의원님 있잖아요? 다음번 내 예약을 그분에게 주세요. 동료 의원들을 모시고 올 것 같던데 똘똘 뭉치는 단결 약선요리 좀 부탁해요."

김순애는 당부를 남기고 차에 탑승했다. 사모님들의 차량이 줄줄이 나갈 때 택배가 들어왔다. 황 할머니의 동생이 보낸 야생초 식재료가 도착한 것이었다. 과연 양도 많았다.

"어때? 내 말이 맞지?"

식재료 창고 앞에서 황 할머니의 목에 힘이 들어갔다.

"동네 늙은이들 다 몰고 나가서 채집했다고 하더라고. 살펴봐."

할머니 말을 들으며 박스를 열었다. 나물은 나물대로, 씨앗은 씨앗대로 잘 정리가 되어 있었다.

"우와, 진짜 많네?"

넘겨보던 종규도 감탄을 터뜨렸다.

하지만!

실물을 본 민규의 표정이 벼락처럼 굳어버렸다. 양은 많았다. 문제는 퀄리티였다. 양에 방점을 두면서 쪽정이에 검불들까지 마구 뒤섞인 야생초 씨앗들. 한마디로 식재료로 쓸 수 없는 것들투성이었다.

"……!"

삐익!

머리에 빨간불이 들어왔다.

내일로 다가온 서울광장의 약선요리 이벤트. 민규의 메뉴는 이미 방송국에 통보한 상황. 민규의 머리가 하얗게 변하는 순간이었다.

"아이구, 이년이 미쳤네. 돈에 환장을 했나? 사람 망신을 시켜도 유분수지. 잠깐만……."

황 할머니도 분을 삼키지 못했다.

"아닙니다. 동생분도 사람인데 실수할 수도 있지요."

민규가 할머니를 진정시켰다.

"실수라니? 이게 실수야? 먹을 수 있는 거 없는 거는 시골 사람들이 더 잘 알아. 재희야, 이 번호 좀 눌러라."

할머니가 쪽지를 내밀었다. 동생의 전화번호였다.

"할머니."

"글쎄, 민규는 가만히 있어. 이런 건 내 동생 아니라 죽은 엄니가 살아서 온대도 안 돼."

할머니는 끝내 고집을 꺾지 않았다.

"이년이 어딜 간 거야? 전화도 안 받고……."

할머니가 씩씩거릴 때 수화기에서 목소리가 흘러나왔다.

―언니가 웬일이우?

동생이었다.

"웬일? 너 시방 어디냐? 엉? 어디냐고?"

―병원인디?

"뭐? 병원?"

폭주하던 할머니, 동생의 목소리에 한숨을 골랐다.

"얼씨구, 왜? 한 주머니 차니 링게르 영양제라도 맞는 거냐? 아주 팔자가 피었구나?"

―아유, 왜 또 심통이래? 물건 안 갔어? 내가 다리를 삐는 바람에 구장 할배에게 부탁을 했는데?

"뭐? 다리?"

―좋은 물건 따려고 남 안 다니는 수풀을 돌아쳤더니… 나뭇가지를 잘못 밟아서 발목을 삐었지 뭐야? 그래서 구장 할배에게 신신당부했는데… 보냈다고 하던데 받았어?

"……."

―받았냐고?

"야, 이년아. 받기는 받았다만 죄다 쭉정이만 한 자루다. 내가 아주 우리 젊은 사장님 볼 낯이 없어서 접시 물에 빠져 죽을 지경이야!"

―진짜?

"그래, 이년아. 이제 어쩔 거야? 우리 사장님이 내일 중요한 일이 있다고 말했어, 안 했어?"

―미안해. 내가 구장 할배에게 알아볼게.

"알아볼 필요 없어. 이제 다시는 너한테 야생초 안 받아. 그렇게 좋은 금으로 쳐주면 은혜를 알아야지. 이런 물건을 보내고 돈을 받아 처먹어? 시골 늙은이들이 돈에 환장을 했냐?"

―언니… 아무튼 미안해. 내가 퇴원하면 얼른 돌아쳐서 좋은 물건으로 보내줄게.

"됐어."

"할머니!"

듣고 있던 민규가 끼어들었다.

"병원이라면서요? 다른 사람이 실수한 건가 본데 너무 몰아치지 마세요."

"아이고, 내가 민규 볼 낮이 없으니 그라지. 이게 뭔 짓이란가?"

할머니가 가슴팍을 치는 동안 민규가 전화를 넘겨받았다.

"저 초빛 주인입니다. 다리를 다치셨다고요?"

―아이고, 사장님. 죽을죄를 지었습니다.

전화기 속에서 읍소가 나왔다.

"아닙니다. 몸조리 잘하시고 다 나으시면 또 물건 해서 보내주세요. 한 번 실수니까 그냥 넘어가겠습니다."

─아이고, 아이고…….

한탄을 들으며 전화를 끊었다.

"어쩌지?"

종규가 걱정스러운 표정을 지었다.

"어쩌긴? 골라서 쓰면 되지."

"저걸?"

"어차피 쌀도 고를 때 있고 율무나 메밀도 골라 쓸 때 많잖아. 크기가 좀 작을 뿐이야."

"형!"

"쉬잇, 그만하고 얼른 테이블이나 챙겨라. 자꾸 거론하면 황할머니 속상하시다."

민규가 종규 등을 밀었다.

저녁 무렵 황 할머니부터 퇴근을 시켰다. 속이 많이 상했는지 실수가 많았다. 나물에 참기름을 빼먹기도 했고 된장이나 간장을 건너뛰기도 했다. 민규 눈썰미 덕분에 문제가 되지는 않았지만 할머니의 컨디션은 극악이었다.

재희도 보냈다. 그녀가 나갈 때 도로변에 차만술이 어른거렸다. 해가 저물면서 두 번이나 서성이는 차만술. 전 같으면 또 무슨 꿍꿍이일까 싶겠지만 이제는 요리에 미쳐 있으니 신경 쓰지 않았다.

테이블 정리를 마치고 장항아리를 보았다. 새로 담근 초시장이었다. 서울광장에서 쓸 옛날 고추장. 속성으로 담갔지만 초자연수 덕분에 맛은 좋았다.

주방으로 돌아와 자루를 펼쳤다. 문제의 야생초였다.

피, 마름, 뚝새풀, 지부자, 해당화…….

자루 안의 재료를 다라 위에 쏟아놓았다. 농약이나 비료 따위하고는 거리가 먼 원초적 자연식. 그걸로 죽이나 밥을 만들고 싶었던 재료들. 의욕은 만땅인데 재료 상태는 바닥이었다. 바라보는 것만으로도 한숨이 나왔다. 그때 차만술 목소리가 들려왔다.

"이 셰프!"

"형!"

종규가 신경을 곤두세웠다. 민규가 나가보니 그는 쟁반을 들고 있었다. 안에 든 건 민속전들과 조청, 그리고 두 종류의 전통주였다.

"바빠?"

묻는 얼굴이 착했다. 기분은 엉망이지만 숨기고 맞이했다.

"아닙니다. 왜요?"

"내가 민속전을 좀 연구했는데 평가 좀 부탁할까 해서……."

차만술은 겸손하게 쟁반을 내려놓았다. 각색의 전은 질박하면서도 고급진 느낌이 풍겨 나왔다.

"이야, 보기 좋은데요?"

"좋기는… 책 좀 보면서 민규의 화전이나 병에서 응용 좀 했어. 잘되면 이쪽 전문으로 가닥을 잡아보려고."

"제가 평가할 자격이 있나요?"

"에이, 왜 그래? 이제 민규가 약선요리 대세잖아? 좀 부탁해."

"그럼……"

민규가 전을 집어 들었다. 차만술의 권유로 종규도 전을 집었다. 전은 아직 따끈했다. 소스는 두 가지. 역시 특이하게도 간장과 조청이었다.

조청!

궁중전의 느낌을 살린 민속전과 의외로 잘 어울렸다.

"아까부터 부탁하려고 왔었는데 바쁜 거 같아서 새로 부쳤어. 괜찮아?"

"음… 좋은데요? 기름도 상큼하고 물리지도 않고… 무엇보다 메밀과 찹쌀, 감자와 수수 등의 기존 전들과 완전히 차별화되어 귀티가 나는 것 같아요. 조청도 신선하고요."

"정말?"

"종규, 너는 어떠냐?"

"나도 그런데? 조청에 찍으니 넘어가는 맛이 부드럽고 입안에 여운이 오래 남아."

"정말이지?"

차만술이 반색을 했다.

"공부 많이 하셨나 봐요? 재료도 다양하게 시도하면서 특색을 살리신 거 같고……."

"고마워. 아직 멀었지만 이 셰프가 긍정적이라니 기운이 솟네. 여기 전통주도 좀 먹어봐. 하향주라고 오래 두어도 잘 변하지 않는다기에 판매에도 무리가 없을 거 같아서 담가봤어."

차만술이 잔을 채워주었다.

전통주 맛도 좋았다. 걸쭉하면서도 달큰한 뒷맛이 더도 덜도 아니었다. 얍삽하게 달거나 무데뽀로 혀를 치는 단맛이 아니었다.

"이것도 괜찮은데요?"

그렇잖아도 내일을 위해 특별한 막걸리를 담갔던 민규. 차만술의 전통주도 매력적으로 보였다.

"진짜?"

"그럼요. 이거 정말 사장님이 담근 거면 저도 가끔 부탁해야겠어요."

"진짜지?"

"저도 긴장 좀 해야겠는데요? 사장님이 이렇게 변하셨으니……."

"아유, 그런 소리 말고… 그런데 저건 뭐야?"

차만술이 야생초와 씨앗들을 가리켰다.

"아, 저희 식재료예요. 저걸로 야생초 밥상을 차릴 건데 이번에 온 건 좀 좋지가 않네요. 급하게 쓸데가 있어서 골라야 하는데 엄두가 안 나서……."

"내가 도와줄까?"

"사장님이요?"

"우리 집 장식 소품 중에 채하고 키가 있잖아? 채로 치고 키로 까불면 어느 정도 해결이 될 것 같은데……."

"아!"

민규가 소리쳤다. 키가 있다면 한결 수월해질 일이었다.

"내가 키질은 또 좀 내공이 있잖아? 옛날에 시골 할머니 집에 살 때 오줌 싸면 단골로 쓰고 다녔거든. 시식 평을 해준 대가로 도와줄게."

차만술이 자기 식당으로 뛰었다.

번개처럼 돌아온 그가 마당에 돗자리를 펼치고 키를 까불기 시작했다. 작은 검불들은 순식간에 분리되었다. 작은 피와 뚝새풀, 지부자 씨앗도 쭉정이와 알갱이로 구분이 되었다.

"우와!"

종규가 혀를 내둘렀다. 엄두가 나지 않던 일을 30여 분 만에 해치우는 차만술이었다.

"어때? 완전한 건 아니지만 수월해졌지? 나머지는 손으로 좀 가려내거나 물에 넣어서 뜨는 놈을 골라내면 될 거야."

"사장님……."

"하핫, 이거 태어나서 처음으로 이 셰프에게 도움이 된 것 같네. 그럼 이만 가네."

"잠깐만요."

민규가 차만술을 세웠다.

"왜?"

"혹시 내일 시간 좀 되세요?"

"시간이야 널널하지. 요즘 하는 일이라고는 요리 만들어서 맛보는 일뿐이니까."

"그럼 내일 저랑 같이 가실래요? 그럼 시식 평 제대로 받을 수 있을 텐데……."

"응?"

"아까 만드신 민속전 수준이면 될 것 같아요. 대신 전 재료와 전통주는 좀 넉넉히 준비하세요. 제 막걸리가 양이 좀 적으니 함께 선보이면 딱일 것 같아요."

"어디 자원봉사라도 가는 거야?"

"그게 아니고 내일 서울광장에서……."

"……!"

이야기를 들은 차만술, 들고 있던 키를 떨구고 말았다.

"그, 그런 자리에 나를?"

금세 눈시울이 뜨거워지는 차만술.

조금 망설였지만 잘한 제의 같았다. 오늘 도전 과제로 약속한 장 때문이었다. 장광의 태극연잎국수, 유혜정의 각선어채와 소방. 그것들도 그렇지만 민속전도 장 곁들임이 필요한 요리. 각양각색의 민속전이라면 태극연잎국수, 어채, 소방과도 잘 어울릴 것 같았다. 그러니 어쩌면 차만술에게도 큰 도움이 될 일이었다.

"제가 도리어 미안하지요. 사장님도 약선 경력 수십 년이잖아요? 저하고 장광 거사님, 종갓집 종부님이 메인이라 기분 나쁘실 수도 있어요. 그걸 양해해 주신다면……."

"아이고, 양해고 말고가 어디 있어. 그런 자리라면 보조도 황공하지. 내가 지금 돈 주면서라도 맛 평가를 받아야 할 판이야."

차만술이 아이처럼 웃었다. 초심으로 돌아간 게 틀림없었다.

"그럼 올라가셔서 재료 준비하세요."

"고마워, 이 셰프. 고마워."

차만술은 마당을 나가는 사이에도 세 번이나 같은 말을 반복했다.

"아, 저 아저씨 이제 진짜 마음잡았나 보네?"

종규가 볼멘소리를 냈다.

"요리사잖냐? '진짜' 요리사들은 끝까지 사악하지는 않아. 그런 사람이라면 주방이 아니라 세 치 혀로 요리 파는 일을 하겠지."

"그럼 우리도 오늘 일찍 잘 수 있는 거야? 야생초가 해결되었으니?"

"꿈 깨라. 해결이 아니라 약간 정리가 된 거야. 모래, 돌, 잡티를 다 골라내야지. 부실한 알갱이도 전부."

"엑? 저 모래알만 한 씨를 하나하나?"

"아니면? 누군가 먹다가 모래 씹으면 어쩔 건데?"

"형……."

"걱정 마라. 시작이 반이라는데 차 사장님이 큰 쭉정이는
다 골라냈으니 반하고도 반을 더 한 거 아니냐?"

"됐네요. 전혀 위로가 안 됩니다."

"밤참도 든든하게 먹었잖냐? 전투 개시다."

"참을 언제?"

"차 사장님이 가져온 민속전. 그게 참 아니면 뭐냐?"

"억, 말 되네?"

휘청거리는 종규를 야생초 무더기 앞에 앉혀놓았다. 한 줌,
한 줌 야생초 씨앗을 집어 한지 위에 놓았다. 그 위에서 쭉정
이를 골라냈다. 한지의 흰색처럼 밤이 하얗게 깊어갔다.

"셰프님!"

재희는 새벽처럼 출근을 했다. 황 할머니 역시 다른 날보다
빨리 나왔다. 늦은 건 종규뿐이었다. 새벽까지 야생초 씨앗을
정리한 까닭이었다.

"아흠, 졸려……."

종규가 하품을 하며 나왔다.

"세수부터 해라. 방송국에서 올 거야."

민규가 주의를 환기시켰다.

"방송국?"

놀란 종규가 샤워실로 뛰었다. 눈곱 맺힌 얼굴이 행여 카메라에 잡힐까 겁을 먹은 것이다.

"응? 이게 어떻게 된 거야?"

말쑥하게 정리된 야생초 식재료를 본 황 할머니 눈이 휘둥그레졌다.

"제가 밤에 손을 좀 봤어요. 알고 보니 쭉정이나 덤불 조각은 별로 없더라고요."

민규가 말했다.

"뭔 소리여? 나 위로 안 해도 돼. 그렇잖아도 어제 저녁에 동생한테 전화해서 한 소리 해줬어. 이따위로 할 거면 민규랑 거래 끊으라고."

"할머니……."

"내가 바보여? 쭉정이에 검불까지 걷어내니 양이 반도 안 되잖아? 이번 물건값은 보내주지 마."

"괜찮아요. 이게 워낙 귀한 거잖아요."

"그나저나 다 손으로 한 거여? 키가 있어서 까부르면 빨리 끝났을 텐데 여긴 그런 것도 없고……."

"왜 없어요? 저 위에 차 사장님이 어제 가져와서 다 해주고 갔습니다."

"차만술이가?"

"새로 개발한 민속전하고 전통주도 가져왔는데 기막히더라고요. 아마 그쪽으로 나갈 모양이에요."

"참말이여 거짓부렁이여? 그 인간이라면 믿을 수가 있어야지?"

"이제 마음잡으신 모양이에요. 미운 정 고운 정 깊은 분이니 그만 노여워하세요. 차 사장님 아니었으면 저 오늘 서울광장 못 갔어요."

"뭐 그렇다면야……."

"그리고… 차 사장님도 같이 가기로 했어요."

"뭣이여? 인자 보니 그 싸가지가 꿍꿍이가 있어서 키질을 해 줬구만."

황 할머니가 펄쩍 뛰었다.

"아니에요. 그건 제가 부탁했거든요. 서울광장이 굉장히 넓은데 제 요리만으로 부족할 거 같아서요. 보조로 가자고 했는데도 고맙다고 눈물을 뚝뚝 흘리던데요?"

뒷말은 귓속말로 전했다.

"하이고, 그 인간이 변하긴 했나 보네. 하긴 원래부터 못된 천성은 아니었지."

"형, 피디님 오시는데?"

식재료 정리를 하던 종규가 마당을 바라보았다. 방송국 차량이 들어서고 있었다.

"여기서 몇 컷 찍고 가겠습니다. 준비되셨나요?"

차에서 내린 손병기가 물었다.

"우리는 끝났는데… 아무래도 지원이 필요할 거 같아서 요리 전문가 한 분의 도움을 받기로 했습니다."

"누구죠?"

"아, 마침 저기 오네요."

민규가 고개를 들었다. 차만술의 차가 내려오고 있었다.

"인사하세요. 손병기 피디님이십니다. 이쪽 분은 오늘 곁들임 민속전을 맡아주실 차만술 셰프님."

민규가 차만술과 손 피디를 연결시켰다.

"이민규 셰프님의 일일 보조 차만술입니다."

차만술의 목소리는 공손했다. 전처럼 나대지도 않았다.

"보조도 황송한 줄 알아. 오늘 민규한테 해코지만 해봐. 내가 그냥 안 둘 테니까."

황 할머니가 빗자루를 겨누며 으름장을 놓았다.

"걱정 마십시오. 하늘 같은 셰프님으로 알고 목숨 바쳐 보조하겠습니다."

차만술은 거수경례까지 붙이며 각오를 보였다.

"제대로 해."

할머니도 엉성한 거수경례로 답했다.

식재료를 실었다. 초시장이 먼저였다. 시범을 보일 장 레시피에 필요한 것부터 야생초 재료, 곰취, 연잎까지. 종류도 많았다.

"적재 끝."

재희가 소리치고 민규가 확인했다. 이상은 없었다.

"차미람은?"

"아까 카톡했어. 이미 광장에 도착해 있대."

종규가 답했다. 차미람은 견학을 왔던 후배 과 대표였다. 경험 삼아 자원봉사를 제시했더니 기꺼이 응했다. 학생 다섯만 데려오라고 당부한 민규였다.

민규, 종규, 재희에 차만술.

할머니에게 가게를 맡기고 차에 올랐다.

목적지는 서울광장.

"서울 사람들 혀를 다 녹여주고 와. 여기는 내가 잘 지키고 있을 테니까."

잘해.

잘해.

할머니의 손나팔 응원이 오래오래 따라왔다.

8. 고구려 간장 재현

천 년의 대물림 종갓집 요리의 진수.
마음을 정화하는 먹거리 사찰요리.
구중궁궐의 품격 높은 궁중요리.
정기신혈의 근본 약선요리.

서울광장에 휘날리는 플래카드들이었다. 애드벌룬도 있고
오색 깃발의 향연이 펼쳐져 있었다.

약선요리, 궁중요리의 신성 이민규 셰프.
천년 종갓집요리의 지존 유혜정 종부.

사찰요리의 거목 장광 거사.

축제를 펼칠 세 사람의 소개 깃발도 곳곳에 보였다. 그런 준비물들보다 더 많은 게 인파였다. 축제의 시작은 아직 2시간 전. 그럼에도 잔디 광장에는 벌써 수백 명의 시민들이 운집해 있었다. 야외무대는 조선시대 천막풍이었다. 그야말로 장터를 옮긴 듯한 분위기. 다만 전통 문양과 장식을 더해 품격을 더했다.

"이 셰프님."

오필호 기자와 김 작가가 손을 흔들었다. 대회장의 임시 대기실 앞이었다. 방송이 처음은 아니었다. 하지만 야외로 나온 방송은 스튜디오와 달랐다. 스태프들의 움직임이 보이는 것이다.

"선배님."

차미람도 학생들을 이끌고 인사를 해왔다. 거기서 또 다른 반가운 얼굴을 만났다. 홍설아였다.

"셰프님!"

그녀가 성큼 달려와 민규를 안았다.

"어? 웬일이세요?"

"웬일은요? 제가 오늘 진행자예요. 여기 배현웅 씨하고 둘이."

홍설아가 남자 MC를 당겨 인사를 시켰다.

"그래요?"

민규가 손 피디를 돌아보았다.

"아, 홍설아 씨가 비밀로 해달라고 해서요. 셰프님 놀라게 해드리고 싶다나요."

손 피디가 웃었다.

"무대 확인하셔야죠?"

홍설아가 안내를 자처했다. 그녀는 민규 옆에 찰싹 붙어서 떨어지지 않았다. 사실 이 방송은 홍설아에게도 의미가 있었다. 먹방 여신으로 고정된 이미지를 탈피하려는 것.

요리대 전면은 아직 미공개 상태였다. 하지만 뒤쪽에서 보면 자태가 드러나 있었다.

"가시죠."

손 피디가 요리대를 가리켰다.

"이 셰프님!"

먼저 도착한 장광과 유혜정이 손을 흔들었다. 둘은 이미 요리복 모드로 변신한 후였다. 스님풍의 요리복에 잿빛 앞치마, 거기에 두건을 두른 장광 거사. 그에 비해 유혜정은 종갓집 종부답게 간소한 한복 차림이었다. 그 한복의 소매 깃을 단호하게 걷고 앞치마를 둘렀다.

"늦었습니다."

민규가 다가가 인사를 했다.

"인사해. 여기 궁중요리 약선요리 대세, 이민규 셰프님."

장광 거사가 보조 두 명을 소개했다. 말이 보조지 그들도 사찰요리 쪽에서는 나름 잘나가는 사람들이었다. 유혜정 역시 일을 거들어줄 동서 둘을 소개했다. 그때 누군가 뒤에서 민규의 등을 눌렀다.

　"어, 태희 씨."

　이번에는 우태희였다.

　"저도 우리 기획사 졸라서 여기 출연 섭외 받았어요. 환영 안 해주실 거예요?"

　"환영하죠. 전혀 몰랐네요."

　"이게 특급 기밀이었거든요. 저하고 피디님만 아는……."

　"……."

　"저 싫어요?"

　"아, 아뇨. 싫다뇨."

　"그럼 뭐 힘내라고 약선차 같은 거 한잔 안 줘요?"

　"아, 약선차."

　민규가 바로 차를 몇 잔 준비해 왔다.

　"이거 한 잔씩 드세요. 모과차인데 피부가 좋아지는 약수를 넣어서 얼굴도 예뻐지고 화장도 잘 받을 겁니다."

　민규가 유리병을 건네주었다. 차에 소환한 물은 가을철 아침 해가 뜨기 전의 이슬을 받은 물. 순하고 달며 피부와 살빛에 생기를 더하고 얼굴을 예쁘게 하는 추로수였다.

　"우왕, 그럼 이건 나 혼자 마실래요."

"언니, 거기 안 서. 그 얼굴 더 예뻐지면 안 돼."

우태희의 장난기가 발동하자 홍설아가 그 뒤를 따랐다. 그걸 보며 웃을 때 전화가 들어왔다.

'영부인?'

민규가 소스라쳤다. 지난번 방문했을 때 알려주고 간 직통번호였다. 좋은 일 생기면 꼭 연락하라던 영부인…….

"여보세요?"

민규가 정중히 전화를 받았다.

―저예요.

"예, 안녕하십니까?"

―서울광장이죠?

"네?"

난데없는 돌직구에 흠칫거리는 민규.

―서운하네요. 좋은 일 있으면 연락하기로 했잖아요? 그런데 이렇게 뜻깊은 행사를 치르면서도 저한테 연락도 안 한단 말인가요?

"그게……."

―제가 부담스러워서 그런 건 아니겠죠?

"그럼요. 그저 요리하는 일이라……."

―그저라뇨? 제가 알아봤더니 지난번 박세가 선생님하고 방송할 때보다도 국민들에게 더 유익한 시간 같던데요. 그렇지 않나요? 이번에는 국민들 속에서 우리의 맛을 살려내는 일

이니?

"……."

―거기 피디도 그래요. 혹시나 하고 기다렸는데 연락이 없
네.

"죄송합니다."

―피디 좀 바꿔주세요.

"예."

영부인의 요청에 따라 손병기에게 전화를 건네주었다.

'영부인이세요.'

나직한 속삭임과 함께.

"큼큼, 여보세요?"

목청을 가다듬은 손 피디가 전화를 받았다. 공손하게 대화
한 그, 통화를 끝내더니 허공을 향해 펄쩍 뛰었다.

"아싸, 대박!"

그러더니 혼자 주먹을 떨며 몸서리를 치는 손병기.

"피디님."

놀란 홍설아가 피디에게 다가갔다.

"홍설아 씨, 배현웅 씨, 대박이야. 영부인께서 여기로 오신
대."

"예? 영부인이요?"

"SBC 밥도둑에는 나가셨잖아? 그래서 전화드릴까 하다가
차마 못 했는데 우리 이 셰프님이 다리를 놔주시네. 그냥 자

연스럽게 참가하신다니까 그렇게들 알고 있어."

"와아!"

두 진행자의 입은 쭉 찢어진 채 다물어지지 않았다.

요리대가 정해졌다. 시작은 합동 요리, 그다음에는 각자 요리였다. 민규와 장광, 유혜정은 가져온 식재료들을 동선에 따라 세팅했다.

"끙차!"

차만술도 성실하게 움직였다. 나서지도 않고 끼어들지도 않았다. 모르는 사람이 보면, 완벽히 민규의 보조로 보였다. 그 밖에 단순한 일은 차미람과 학생들이 커버해 주었다.

"여기서 하면 될까?"

민속전과 전통주 자리를 잡은 차만술이 민규에게 물었다.

"너무 뒤쪽 아닌가요? 제 옆에서 해도 되는데……."

"아니야. 나는 광장공포증이 있어서 많은 사람과 가까워지면 떨려서 안 돼요. 그러니 뒤쪽에서 보조하면서 전이나 열심히 부칠게."

차만술이 답했다. 그 옆으로 종규가 또 다른 술통을 붙여 놓았다. 민규가 만든 막걸리였다.

"자, 오늘 식기는 여러분의 요구대로 자연 재료로 만들었습니다."

피디가 식기 박스를 열어주었다.

"와아!"

재희와 종규가 반색을 했다. 모두 생대나무 재료였다. 밥을 맛볼 작은 것부터 국을 맛볼 큰 것들도 있었다.

재활용 안 되는 일회용품은 없는 축제.

민규의 제의였다.

먹거리.

먹을 때는 좋다. 하지만 먹고 나면 쓰레기가 쌓인다. 먹거리 자체도 그렇지만 용기가 더 문제였다. 그렇기에 먹거리 축제가 지나간 자리에는 악취와 쓰레기뿐이었다. 더구나 이 축제는 자연 표방. 그런 축제에서 재활용 불가한 일회용품을 휘날리는 건 취지와도 어긋날 일이었다.

"저희는 준비 끝났습니다. 세 분이 시작하면 자연스럽게 촬영에 들어갈 겁니다. 그냥 주방에서 하시듯 편안하게 하세요. 나머지는 저희가 다 알아서 합니다."

손 피디가 Stand—by를 알려왔다.

"시작할까요?"

홍설아가 물었다.

"여기는 준비 끝났어요."

안동 권씨 종부, 유혜정이 앞치마 끈을 조이며 답했다. 동서들도 전투태세에 돌입했다.

"장 거사님."

홍설아가 장광을 바라보았다. 장광은 대답 대신 손을 들어 보였다. 준비가 되었다는 얘기였다.

"우리도 준비 완료입니다!"

민규도 신호를 보냈다.

"안녕하세요? 시민 여러분. 이 사람이 궁금하다의 야외 진행을 맡게 된 홍설아."

"배현웅입니다."

진행자들의 멘트와 함께 요리대 전면이 개방되었다.

"와아아!"

시민들이 박수로 환호했다.

카메라 화면에 민규와 장광, 유혜정이 차례로 잡혔다. 민규 앞에 가득한 건 쌀과 조, 팥 등의 재료였다.

밥, 국, 장아찌.

스타트는 예정대로 한국인의 영원한 주식, 밥이었다.

밥!

날마다 먹는 밥이 축제의 시작으로 적합할까? 이 문제에 대해서는 제작진 쪽에서도 다른 제의가 있었다. 처음부터 비장의 무기로 혼을 빼자는 의견이 나왔다. 방송의 특성다운 제의였다. 그 또한 민규가 거절했다.

오장육부 중에서 가장 중요한 게 뭘까? 생명의 원천인 신장일까? 아니면 심장일까? 오장육부는 다 중요하다. 하지만 기본은 누가 뭐래도 위장이었다. 위장이 고장 나 먹을 수 없다면 끝장이다. 먹을 수 없는 바에야 그 어떤 병도 고칠 수 없었다.

산해진미 중에서는 밥이 그랬다. 그러나 한국인이라면 가장 평범해 보이는 밥의 위대함을 알고 있는 유전자가 있었다. 고기로 포식을 해도, 면이나 회 같은 것을 배 터지게 먹어도 밥 한 숟가락이 들어가야 비로소 완전함을 느끼는 종족. 그게 한국인이었다.

그런데 그 밥, 다른 것도 아닌 민규의 밥이었다. 그냥 밥이 아니라 초자연수를 동원한 최상의 밥. 그동안 궁중요리다 약선요리다 하며 살짝 소홀했던 밥에게 진 빚을 광장에서 갚으려는 민규였다. 적어도 여기 온 사람들에게는 지상 최강의 밥을 보여줄 생각이었다.

─적두수화취.

─흰쌀밥.

─보리밥.

─조밥.

─수수밥.

민규가 앉힌 밥은 다섯 가지였다. 거기에 스페셜 두 가지를 깜짝쇼를 위해 준비했다.

적두수화취와 흰쌀밥은 수라상의 필수품. 그렇기에 일반 대중에게 선보이지만 보리밥과 조밥, 수수밥은 쌀밥의 대용품으로 소개하기 위해 선택을 했다.

유혜정은 국을 맡았다. 그가 만드는 건 버섯장국이었다. 씨된장과 고추장으로 맛을 내고 버섯에 각종 채소를 듬뿍 넣어

개운한 맛을 살려내는 종갓집 장국.

　요리의 기원으로 보면 화갱(和羹)이다. 화갱은 대갱(大羹)에서 출발한다. 대갱은 육즙이지만 내장이나 허드렛고기로 고아내지 않는다. 질 좋은 정육(精肉)만으로 만든다. 제사에는 반드시 이 대갱을 쓰니 대갱에 채소를 더하면 화갱이 되었다. 국 하나지만 그야말로 종갓집 원방이었다.

　"이 셰프님."

　육수를 안치던 유혜정이 민규를 불렀다.

　"혹시 그 마법 약수 좀 도와줄 수 있어요?"

　"……."

　"저도 소문 들었거든요? 종가에서 끓일 때는 우리 뒤뜰의 우물물을 쓰면 되는데 여기까지 퍼 오지는 못했어요."

　유혜정이 읍소를 했다.

　"그럼 해보죠. 크게 기대하지는 마세요."

　민규가 장국 육수물에 정화수와 지장수, 요수를 소환해 주었다. 기를 넣는 듯한 퍼포먼스도 제법 그럴듯했다.

　"어머, 진짜 맛이 다르네?"

　물맛을 본 유혜정의 눈이 휘둥그레졌다. 과장이 아니었다. 그녀는 차이점을 정확히 캐치하고 있었다.

　"고마워요."

　인사와 함께 수제비 반죽이 시작되었다. 작은 수제비를 떠 넣어 장국의 식감을 살릴 모양이었다.

장광 거사의 몫은 장아찌였다. 그가 준비한 건 매실과 동아, 그리고 약도라지 삼총사였다. 푸근하게 맛이 든 매실은 대추 속살처럼 보였고 약도라지는 고기에 꿀을 바른 듯 보였다.

장광 거사는 그것들을 시식용으로 세팅해 나갔다. 보조들이 곰취나 머위잎을 준비해 주면 그 위에 분량을 올리고 흰 깨나 잣가루를 뿌려 모양을 냈다. 초록의 곰취와 머위잎 위에 세팅된 세 가지 장아찌는 천년 사찰의 고풍을 보여주기에 모자라지 않았다.

"자, 여기가 밥통입니다. 김이 모락거리는데… 흠흠… 냄새의 포스부터 완전 다른데요?"

홍설아가 밥솥 옆으로 다가와 분위기를 잡았다.

"팥물밥입니다. 수라상에 단골로 올라가는 밥이죠."

민규가 답했다.

"다른 솥은 어떤가요? 냄새가 조금씩 다른데요? 흠흠, 하지만 하나같이 미치겠어요."

"백미도 있고 보리밥도 있습니다. 조밥과 수수밥도 있지요. 모두 밥심으로 살아가는 한국 사람들의 소중한 보약들입니다."

"보약이라고요?"

"그럼요. 밥만 한 보약이 없죠."

"음, 그래도 보약 하면 삼계탕이나 용봉탕, 도가니탕쯤은 되어야 하지 않을까요?"

"그것도 좋은 요리들이지만 기본은 언제나 밥이죠. 우리가 좋은 먹거리를 얘기할 때 제일 먼저 쓰는 말이 '밥도둑' 아닙니까? 다른 찬품들은 다 밥을 위해 존재한다는 거죠."

"아!"

"좋은 밥은 찬이 없어도 그 자체로 훌륭한 요리입니다. 이 말을 증명시켜 드리겠습니다. 이거 좀 열어주시겠어요?"

모락모락한 김으로 밥의 완성을 감지한 민규가 홍설아와 배현웅에게 말했다. 두 진행자가 솥뚜껑에 다가서서 뚜껑을 열었다.

덜컹, 덜컹!

다섯 솥뚜껑이 열렸다. 각각 30인분 정도의 밥을 지을 수 있는 작은 무쇠솥들. 그 안에서 뿜어져 나온 건 부드럽고 정갈한 맛김이었다.

"아!"

진행자 둘이 똑같은 감탄을 자아냈다.

다섯 종류의 밥.

그건 다섯 가지 존엄이었다. 알알이 꽃망울처럼 벙글어 오른 것은 말할 것도 없고 한 알, 한 알 천상의 이슬을 머금은 듯 빼어난 찰기였다. 민규가 나무 주걱을 대자 꿈결처럼 하르르 흐드러지는 밥알들.

"우와!"

화면을 본 시민들도 일제히 탄성을 질렀다. 팥물밥과 흰쌀밥. 수정기름을 부은 듯싶었다. 최고의 때깔은 조밥이었다. 흰쌀에 섞인 노란 조의 자태는 새봄에 갓 피어난 개나리꽃보다 선명했다. 노란 좁쌀을 선명하게 피워놓은 쌀밥은, 보는 이로 하여금 옥침을 주체하지 못하게 만들었다.

그때 손 피디가 사인을 보냈다. 민규가 고개를 돌리자 영부인이 세트장을 향해 다가오고 있었다. 이번에는 수행원과 통역 둘에 외국 대사 부인 둘의 동행이었다.

금발의 귀빈은 프랑스 대사 부인.

흑발의 귀빈은 중국 대사 부인.

그 사실은 나중에야 알았다.

영부인을 알아본 시민들이 박수갈채를 보냈다. 영부인은 귀빈들과 함께 방송사가 마련한 행사 의자에 앉았다. 박수가 그치지 않았다. 영부인의 인기가 하늘을 찌르나 싶었는데 그것만은 아니었다. 무대 뒤에서 등장한 여자. 우태희의 깜짝 출연 연출이었다.

요리 영화 속의 화려한 요리복 차림이었던 그녀는 시민들의 환호에 답하고 민규에게 다가왔다. 민규가 주걱을 넘겨주었다.

"와아, 이게 정말 우리가 아는 그 밥이에요?"

다섯 가지 밥을 본 우태희의 입이 멋대로 벌어졌다. 연기가 아니었다.

"예."

"혹시 아주 특별한 쌀?"

"아닙니다. 누구든 마트나 시장에서 살 수 있는 그 쌀입니다."

민규가 답하자 화면에 쌀 그림이 나왔다. 정말 아무 데서나 살 수 있는 그 쌀이었다.

"엿차!"

그사이에 종규와 재희, 차미람이 힘을 합쳐 커다란 찜통을 옮겨놓았다. 뒤쪽에서 완성시킨 깜짝쇼의 하나였다.

"어머? 죽인가요?"

우태희가 물었다. 카메라가 다가왔다.

"우리 민족의 특별식, 마름피죽입니다. 피는 다 아실 테고 마름은 연못에 흔하던 식물의 씨앗이죠. 이제는 보리밥도 별식으로 먹는 시대니 야상에서 난 마름피죽 또한 별미가 될 것입니다. 특별한 이유로 밥을 못 드시는 분이나 어르신들에게 좋을 걸로 봅니다."

"와아, 색감이 너무 고와요. 은은하고 아련하고……."

"그럼 시작할까요? 김 다 나가기 전에?"

민규가 재촉했다.

"여러분, 우리 쌀, 우리 곡식으로 만든 밥과 별미 죽입니다. 이민규 셰프님의 약선밥에 유혜정 종부님의 버섯모듬장국, 장광 거사님의 사찰 장아찌와 더불어 시식하세요. 우리 전통과 자연의 맛을 고스란히 옮겨온 요리가 여기 있습니다. 그리고 또 하나……."

홍설아와 배현웅의 멘트를 따라 재희가 화면에 나왔다. 커다란 김치 항아리 앞이었다. 이 김치 역시 특별해 보였다.

"바로 이 김치입니다. 원하시는 분들은 맛을 보시면 되는데 굉장한 역사가 담긴 김치입니다. 거기에 대한 내력은 시식 후에 이어집니다."

분위기가 뜨거워지기 시작했다. 진행 요원들이 영부인에게 다가가 시식 여부를 물었다. 그녀가 용의를 밝히자 첫 타자로 모셨다. 하지만 영부인이 거절했다. 영부인은 어린아이를 동행한 부모들, 어르신들이 줄을 서자, 대사 부인들과 함께 그다음에야 줄을 섰다. 권력자의 우선권을 버린 소탈한 행동이었다.

짝짝!

시민들에게서 박수가 쏟아져 나왔다.

"맛있어요."

"밥이 아니라 코코아맛 같아요."

밥알을 문 아이들이 이구동성으로 웃었다. 몇 아이는 그 자리에서 뚝딱 해치우고는 대나무통을 내밀었다. 반칙(?)에 속하지만 어쩔 수 없었다. 아이들, 두 눈을 민규에게 맞추고 배시시 웃은 것이다. 그 미소를 거절할 사람은 지구 위에 없었다.

거기서 민규의 두 번째 깜짝쇼가 펼쳐졌다. 아이들에게만 계란 하나씩을 나눠준 것이다. 갑자기 웬 계란이었을까? 하지만 그 또한 계란이 아니라 밥이었다. 계란 속의 내용물을 꺼내고 쌀알을 넣어 밥을 한 것. 이름하여 계란알밥이었으니 아궁이가 있던 시절의 추억을 담아낸 전통밥(?)이 아닐 수 없었다.

"엄마!"

아이들은 신기해 어쩔 줄 몰랐다. 계란 껍데기 속에 밥이 든 것도 놀라웠지만 잉여 계란물이 스며든 밥이라 더욱 담백한 맛이 났던 것. 계란알밥 300개는 순식간에 동이 나고 말았다.

"키햐, 저거 나도 어릴 때 많이 먹었는데. 추억 돋네."

어르신들은 군침을 삼키며 아쉬움을 달랬다.

"이게 밥이야? 입에서 그냥 녹는다, 녹아."

"아이고, 내가 피난 때 나흘을 굶고 어느 집에서 가마솥밥 한 주먹 얻어먹었는데 그것보다도 백배는 나아."

밥을 받아 든 사람들은 누구라도 자지러졌다. 장국과 장아찌는 맛을 보기도 전이었다.

이윽고 영부인과 대사 부인들의 차례가 되었다.

"어떤 밥을 퍼드릴까요?"

민규가 대사 부인들에게 물었다. 대사 부인들은 고민에 빠졌다. 다섯 밥을 다 먹고 싶은 것이다. 그 속내를 눈치챈 민규가 다섯 밥을 조금씩 덜어주었다.

"맙소사, 이게 정녕 라이스인가요?"

금발의 대사 부인은 영부인 앞에서 네 번 자지러졌다.

한 번은 다섯 밥의 푸근함과 담백함에 반해서.

또 한 번은 자연을 녹여놓은 듯한 마름피죽에서.

또 한 번은 밥의 풍미를 돋우는 장국.

마지막은 장아찌가 안겨주는 맛의 신세계 때문이었다.

풍후한 몸매의 중국 대사 부인도 맛을 보았다. 그녀의 눈동자는 맛에 놀랐지만 반응은 그리 살갑지 않았다.

영부인은 어느 것 하나 빠뜨리지 않았다. 아주 색다른 김치도 맛을 보았다. 고춧가루가 없어 아쉽지만 나쁘지 않았다. 백김치도 아니오, 물김치도 아닌 이것은 무엇?

"한 번 더 먹으면 안 돼요?"

여기저기서 아쉬운 합창이 이어졌다. 밥의 풍미와 여운이 길었다. 한 입 먹어보니 아쉬움만 남았다. 이제껏 한 번도 겪어보지 못한 윤기와 찰기였다. 입에 넣는 순간의 풍미도 기막히지만 목으로 넘길 때의 담백미는 가히 중독적이었다.

거기에 밥도둑 공범으로 나선 장국과 종갓집 장아찌. 장국의 구수한 맛과 짭조름 달큰한 매콤한 장아찌가 시너지를 이루니 감질이 나서 미칠 지경이었다.

하지만 몇몇 어린이를 제외하고는 희망 사항에 불과했다. 300인분의 밥을 조금씩 덜어 1,000여 명에게 나누어주었지만 달아오른 분위기에 턱도 없는 분량이 되고 만 것이다.

"셰프님, 밥이 떨어졌어요. 저도 먹고 싶었는데……."

다섯 솥의 바닥을 본 우태희가 울상을 지었다.

"너무 섭섭해 마세요. 쌀밥도 그렇지만 팥물밥하고 수수밥은 누룽지가 또 천하 일미거든요. 약불로 맞춰두라고 했으니 20분쯤 있다가 챙겨 드세요. 특별히 와주신 보답입니다."

"꺄악, 고마워요, 셰프님."

우태희는 울듯이 반색했다.

밥을 앞세운 오픈 요리.

평범한 소재였지만 반향은 엄청났다. 그야말로 밥의 재발견이었다.

그렇다면 밥 다음은 무엇일까? 한국인은 밥 다음에 무엇을 첫손에 꼽을까? 그 답은 너무나 자명했다.

장(醬).

장이었다.

간장, 된장, 고추장, 쌈장, 막장, 청국장, 담북장……

"다음 요리 역시 한국인들의 유전자 바탕이 되는 장류로 갑니다."

장!

여기까지는 시민들의 반응이 그저 그랬다. 이제 장 담글 줄 아는 사람도 별로 없지만 그렇다고 해서 장을 어렵게 생각하는 사람도 없었다. 하지만 저 먼 역사 속의 장을 구현하면 어떨까? 50년, 100년이 아니라 1,000년, 1,500년 전이라면?

배경음악이 깔리는 동안 초대형 화면에 그림이 올라왔다. 고구려의 수렵도와 함께 많이 보던 벽화. 영락 18년, 그러니까 서기 408년에 지어진 고분벽화였다. 화면이 거기서 멈췄다.

"설마?"

눈치 빠른 시민 몇이 고개를 저었다.

하지만 그 설마는 설마로 끝나지 않았다. 홍설아의 씩씩한 멘트가 울려 퍼진 것이다.

"오늘 이 자리에서 재현될 장은 흔한 장이 아니라 역사 속의 장입니다. 그것도 하나가 아니고 무려 세 가지가 재현됩니다."

홍설아의 시선을 따라 화면이 바뀌었다. 화면에 허균이 1611년에 지은 '도문대작'이 보이고 그 뒤를 이어 1750년쯤의 수문사설이 보였다. 홍설아의 멘트는 그 뒤를 이었다.

"오늘 여러분에게 재현할 장은 1,600여 년 전 고구려의 장 '시(豉)'와 1611년의 산초 고추장 '초시'입니다."

1,600여 년 전의 장.

멘트와 함께 카메라가 민규 얼굴을 잡았다.

고구려의 장.

고려도 아니고 고구려.

그게 가능하기나 한 일인가?

하지만 셰프가 달랐다. 궁중요리의 대가 박세가와 끝장 대결에서도 유려한 이론과 명쾌한 요리로 전문가들을 압도했던 요리사. 방송 시작 전, 민규의 프로필에서 그 부분을 집중 부각시킨 덕분인지 광장은 이내 압도되고 말았다. 대사 부인들과 자리한 영부인의 표정도 다르지 않았다.

고구려의 장.

그건 과연 어떤 맛일까?

밥.

김치.

장.

한국의 음식 문화를 세 가지로 줄이라면 이렇게 정리될 수 있었다. 국도 있고 죽도 있고 떡도 있지만 이 셋이 뼈대이자 핵심인 것은 자명했다.

장은 콩으로 만든다. 콩 중에서도 대두다. 가마솥에 푹푹 삶아 으깬 후에 일정한 크기로 빚어내어 마루 위 대들보에 매달아 띄우면 곰팡이 발효가 일어나 숙성에 숙성을 거듭한다. 먼 옛날 메주콩을 삶는 날이면 구수한 냄새가 십 리를 날아갔다. 마루에 앉아서도 누구네 집 메주를 쑤는지 알 수 있었다.

장은 시(豉)로도 불린다. 시는 한문으로 '메주 시' 자다. 이름이 다른 것에서 알 수 있듯, 엄격히 분류하면 다른 종류가 된다.

이 장과 시에 대한 기록이 고구려 고분벽화에서 나온다. 고분벽화가 많지만 그중에서도 덕흥리 벽화이다. 묘지명에 귀중한 단서가 전한다.

그 분묘를 만드는 데 일만 명이 동원되었고 날마다 소와 양을 잡아 술과 고기를 댔으며 아침 식사로 먹을 '간장'을 한 창고분이나 보관해 두었다는 구절이 그것이었다.

서기 408년의 이 기록은 다른 요리서 못지않게 많은 것을 암시하고 있었다.

—소고기, 양고기, 술, 쌀, 간장, 소금.

묘지명에서 알 수 있는 먹거리만 여섯 가지였다. 아쉽게도 광개토왕비처럼 몇 자가 해독 불능이기는 하지만 비교적 무난하게 해석이 되는 기록들.

이는 삼국시대에 간장과 된장이 함께 존재했음을 알려주는 보물 같은 기록이었다. 이 시기의 장은 두 가지로 대별되는데 메주와 함께 있는 것을 醬(장)이라 하고, 거른 것을 漿(장)이라 구분했다. 여기 나오는 漿(장)이 바로 시(豉)의 다른 이름이었다.

이는 삼국사기에도 전하니 신라 신문왕의 신부를 맞을 때 장과 시를 받아들인다. 요즘 말로 하면 이바지 음식이었다.

장의 이름을 살펴보면, 장을 담글 때 소금물보다 메주의 비율이 많을 때 되게 만들어진다 해서 '된장', 소금물이 많으면 된장에 비해 맑게 보여 '청장', 음식의 간을 맞추는 장이면 '간장'이라고 명했다.

그러므로 삼국시대의 장은 메주에 소금물을 섞어 발효한 것으로 된장과 간장이 되기 전의 것으로 보는 견해가 우세했다. 이러한 장은 신문왕 시대를 지나면서 차츰 된장과 간장으로 분리되기 시작한 것으로 보고 있다.

장과 시.

어느 것이 먼저냐를 구분하자면 시가 장에 앞선다. 시는 장에 비해 숙성 시간이 짧기 때문이다. 시는 전쟁이 발발할 경우 하룻밤 만에 만들었다는 기록까지 나온다.

오리지널로 가자면 100일 정도의 숙성이 필요한 게 간장.

하침동저 인가일년지계(夏沈冬菹 人家一年之計)라는 말이 있다.

과거 우리 민족의 일년지대계는 두 가지였으니, 장 담그기와 김장 담그기였다. 장 담글 때 금기 사항 또한 한둘이 아니었다.

신일(辛日)에는 장 담그지 마라.
초상난 집에 가지 마라.
아기 낳은 집에 가지 마라.
월경하는 여인을 들이지 마라.
잡인을 들이지 마라.

이는 규합총서에 전하는 말로 이 규정은 장을 담근 지 삼

칠일, 즉 21일 동안 지켜야 장의 맛이 좋아진다고 믿을 정도였다.

배현웅의 유려한 배경 설명이 끝나자 카메라가 민규의 테이블을 잡았다. 테이블 위에는 메주와 소금, 물, 항아리 등이 보였다. 메주는 햇빛에 하루 정도 말려 온 상황. 일단 깨끗한 면보로 표면의 곰팡이와 먼지를 닦아주었다.

"자, 역사적인 순간입니다. 이민규 셰프의 고구려 장 재현, 다 함께 기대해 주시기 바랍니다."

멘트와 함께 민규가 소금을 녹이기 시작했다. 과거에는 이 일을 음력 정월에 행했다. 그렇기에 소환한 초자연수는 춘우수에 우박수였다. 춘우수 중에서도 정월에 처음 내린 빗물. 달고 양기가 충만하니 장 담그는 데 일품이오, 불임 부부가 먹으면 임신도 가능하다는 그 물. 우박수는 장맛을 내는 데 특효였으니 빼놓을 수 없었다.

나머지 관리는 종규에게 맡겼다. 12간지를 이용한 방법이었다. 짧은 시간이지만 일정한 간격으로 검은 보자기를 씌웠다 벗겼다를 반복했다. 음양의 작용으로 장을 재우고 깨우며 숙성의 리듬을 주려는 것. 이미 샘플 테스트로 증명한 방법이었다.

소금물의 염도는 계란이 살짝 떠오를 정도. 하지만 민규에게는 필요 없는 과정이었다.

메주는 가루를 내어 넣었다. 속성 발효를 위한 선택이었다.

그런 다음 정갈한 숯과 대추를 몇 개 올리고 뚜껑을 덮었다. 최근 방식이라면 고추를 넣어야 하지만 그 또한 생략. 고구려 시대에는 고추가 없었다.

그사이 장광 거사와 유혜정도 요리를 시작했다. 최만술 역시 묵묵하게 민속전 요리에 돌입했다.

고구려 속성 간장.

그러나 특별할 것도 없는 방법.

시민들의 고개가 갸웃 기울었다.

"다음은 저 유명한 허균의 도문대작에 나오는 황해도의 초시장(椒豉醬)입니다. 이건 또 어떻게 재현이 될까요?"

이번에는 홍설아가 분위기를 띄웠다. 카메라가 오는 사이 민규네 테이블 풍경은 바뀌어 있었다. 초시장은 일종의 고추장이었다. 그 안에 산초를 넣었다. 조선의 미식가로도 불리는 허균은 이 장이 가장 맛있다는 평을 남겼다.

초시는 고추가 전래되기 전의 장. 산초를 넣으면 잡내가 가시고 알싸한 맛이 생긴다. 사실 고추가 전래된 후의 초기의 고추장 역시 현재처럼 고춧가루를 많이 넣지는 않았다. 그러니 초시는 고추장과 장의 중간 맛인 셈이었다.

민규는 산초 대신 초피를 썼다. 산초와 초피를 동일하게 취급하는 사람도 있지만 민규는 달랐다.

초피〉산초.

이 생각은 변하지 않았다. 이는 고려 말기에 살았던 권필의 기억이었다. 그가 왕의 김치를 담글 때 쓴 것도 역시 초피였다. 더러는 마름도 넣었다. 이렇듯 장은 세월을 따라, 필요에 따라 응용되면서 현재에 이르고 있었다.

초시장은 현장에서 시범만을 보였다. 단시간에 숙성될 일이 아니었으니 초자연수로 맛을 살린다고 해도 사람들에게 혼란을 줄 수 있었다. 시식용으로 쓸 초시장은 미리 만들어두었으니 그것으로 대체하면 되었다.

"고구려의 장을 보았습니다. 고구려 하면 삼국시대죠. 그 이웃에는 백제와 신라가 살았습니다. 그렇다면 여러분."

홍설아가 김치 쪽으로 옮겨갔다.

"여러분이 아까 드신 이 김치, 이제 감이 오지 않나요?"

"……?"

홍설아의 도발에 시민들이 촉각을 곤두세웠다.

"이 김치가 바로 백제의 김치 수수보리지였습니다. 이 또한 이민규 셰프께서 재현했습니다."

카메라가 민규를 잡았다.

수수보리지(須須保利漬).

뒤에 지(漬)가 오면 김치를 뜻한다. 오이지, 짠지, 묵은지 등이 그 예다. 김치의 기록은 더 멀리 날아간다. 시경에 처음으로 나온다. 공자도 김치를 먹었다.

수수보리지는 백제인 수수보리가 일본에 전한 김치였다. 채소에 쌀죽을 넣고 발효시킨다. 민규의 백제김치에는 여뀌와 마름이 더 들어갔다. 이는 옛 시에 나오는 구절과 함께 권필의 요리 경험을 공유한 해석이었다.

여뀌에 마름을 섞어 소금절이를 했다.

이러한 구절에 미루어 보아도 김치에 각종 야생초가 들어갔음은 틀리지 않은 일이었다. 민규의 백제김치 시범과 함께 자료 화면이 나오자 시민들은 박수갈채를 보냈다. 고대의 전통문화에 도전한다는 것 자체가 어려운 일이기 때문이었다.

더구나 맛도 괜찮았다. 다들 앞으로만 가는 사회, 그러나 맛의 기원은 미래가 아니라 과거에 있었다.

고구려의 장, 시.

백제의 김치 수수보리지.

조선초기의 고추장 초시.

화면이 뜰 때마다 시민들의 박수는 더 커져갔다.

"이 셰프."

이번에는 장광의 호출이었다. 반죽에 넣을 물을 가리켰다.

"나도 약수 좀 부탁해요."

"저도요."

옆에 있던 유혜정도 재촉을 했다. 어려운 일도 아니었으므로 기꺼이 도움을 주었다. 오히려 자존심 생각지 않고 손을 내민 두 거목이 고마울 뿐이었다.

쿡쿡!

장광이 반죽을 밀기 시작했다. 연잎즙을 넣어 반죽한 밀가루는 초록으로 변했다. 다음에는 맨드라미 물을 들인 꽃분홍이었다. 두 반죽을 절반씩 펼쳐 홍두깨로 밀어내니 하나의 원형이 되었다. 그 자체가 태극이었다. 장광이 태극을 말아 국수 가락으로 잘라냈다.

다다다다!

칼은 신기에 가까웠다. 손목의 스냅만으로 스피드의 절정을 보였다. 보통 사람 눈에는 보이지도 않을 정도였으니 초고속카메라로 측정해 초당 16회에 이르고 있었다. 그러면서도 면발의 두께는 일정했다. 호기심 덩어리 홍설아가 자를 동원해 측정했다. 한결같이 2㎜였다. 볼거리를 제대로 연출하는 장광 거사였다.

유혜정도 뒤지지 않는 요리 자태를 선보였다. 그녀가 만드는 각색어채는 숭어가 중심이었다. 거기에 곤자선과 표고버섯, 석이버섯, 해삼, 전복, 생합, 도라지, 고사리, 마, 산약 등이 들어갔다. 이는 진찬의궤에 준한 레시피. 안동 지방의 명물 고사리와 마, 산약 등이 첨가된 것이 다를 뿐이었다.

다음으로 종가의 자부심으로 속하는 소방이 만들어졌다. 투명한 만두피는 그녀의 손이 닿으면 석류꽃으로 피어났다.

그 또한 안동의 자랑인 찜닭용 재래닭에 갖은 채소를 섞었으니 맛은 두말할 필요가 없는 상황. 두 재료를 다루면서도 그녀와 동서들의 손길은 그렇게 유려할 수가 없었다. 식재료 하나하나도 정갈하기 그지없었고, 장닭 육수에 익어 나온 각색어채와 소방은 명가의 보물답게 우아했다.

"아유, 육수가 진국이네. 이 셰프님 고마워요."

유혜정은 또 한 번 민규의 진가를 알아주었다.

'차 사장님은?'

민규가 돌아보았다. 재희와 차미람의 보조로 지져내는 민속전도 맛깔스럽게 보였다. 육전에 녹두화전, 장떡에 아카시아꽃전, 옥수수전, 흑임자메밀전까지 지져냈으니 그야말로 음양오행의 합체가 따로 없었다.

"어쩜, 국수가 아니라 봄을 삶는 거 같아요."

장광의 국수로 다가선 홍설아 입이 벌어졌다.

"이게 눈도 호강하지만 몸은 더욱 호강이지요. 연은 잎사귀부터 뿌리까지 버릴 게 없거든요. 연근은 연잎밥, 연잎유미죽, 연잎연자죽, 연근만두, 연근보쌈김치, 연근표고강회, 연근샐러드, 연자조림 등 헤아릴 수도 없이 고운 맛을 만들 수 있습니다. 게다가 절반 가닥은 맨드라미의 꽃분홍 색감으로 이어지니 이걸 감아놓으면 꼭 태극 문양이 됩니다. 가히 민족의 국수라 할 수 있지요."

"냄새도 은은한 게 너무 좋아요. 한 가닥 먹으면 몸이 정화

될 것 같네요."

"그럼 한 가닥 먹어보세요."

장광이 두어 가닥을 꺼내 홍설아에게 주었다. 홍설아는 먹방 여신답게 단숨에 흡입해 버렸다.

쪼로록, 뽁!

국숫발은 모터처럼 경쾌한 소리를 내며 넘어갔다.

"아아, 다리 풀린다."

홍설아가 배현웅 쪽으로 넘어갔다. 리얼한 연기에 시민들이 까르르 웃었다.

그 뒤로 유혜정의 각색어채와 소방이 익어 나오기 시작했다. 어채는 특이하게도 링처럼 속을 비웠는데 이렇게 함으로써 익는 시간을 줄이고 모양을 살릴 수 있었다. 소방의 자태는 두말하면 잔소리였다. 입에 넣으면 그냥 녹아버릴 것처럼 투명했다.

—장광 거사의 연잎—맨드라미 태극국수.

—종부 유혜정의 종갓집 각색어채와 석류풍의 만두 소방.

—차만술의 오색 민속전.

세 요리가 세팅되니 질박한 전통미가 폭발적으로 우러났다.

한 편의 태극을 말아놓은 듯한 태극국수. 유려한 어채에 투명한 소방, 봐도 봐도 질리지 않는 파스텔 톤의 오색전.

꿀꺽꿀꺽!

화면이 세 요리를 잡자 광장은 침 넘어가는 소리로 들끓기 시작했다. 그제야 민규가 고구려의 간장 항아리 뚜껑을 열었다. 색은 씨간장처럼 진하지 않았다. 하지만 맹물도 아니었다.

"맛 좀 봐도 될까요?"

껄떡 여신 홍설아가 물었다. 민규가 국자로 약간을 덜어주었다. 홍설아가 새끼손가락을 찍었다.

"쩝쩝!"

입에 넣고 입맛을 다셨다. 그러더니 혼이 풀린 표정을 지었다.

"왜요? 짜요?"

배현웅이 물었다.

"아뇨, 맛이 괜찮아요."

"진짜요?"

배현웅도 시식을 시도했다.

"어라?"

한 번을 맛보더니 시선이 멈추는 배현웅. 또 한 번을 찍어먹었다.

"이야, 이거 간장 맛이 제대로 나는데요?"

배현웅까지 설레발을 쳤지만 시민들은 설왕설래했다. 모름지기 장은 숙성이 생명. 그런데 민규의 고구려 장 시는 거의 즉석에 가까웠다. 그렇다면 소금물에 메주맛밖에 나지 않을 일. 진행자들의 설레발쯤으로 치부하는 것이다.

"꼬마야!"

그때 민규가 앞줄의 아이와 눈이 맞았다. 엄마를 따라 나온 여섯 살가량의 여자아이. 체질 창을 보니 짠맛을 선호하는 水형이었다. 가장 솔직한 입맛을 통해 고구려의 간장 맛을 알려주려는 생각. 그러나 프로그램이기에 기왕이면 다홍치마를 골랐다.

"고구려 간장 먹어봤어?"

눈높이를 맞추고 물었다. 어린아이의 식성 맞춰주기. 이런 내공은 익을 대로 익은 민규였다.

"아뇨."

"어떤 맛일까?"

"짠맛?"

"맞아. 간장이나 된장, 고추장은 원래 짠맛이 많지. 그런데 꼭 짠맛만 있는 건 아니야. 단맛도 숨어 있지."

"정말요?"

"확인해 볼래?"

민규가 고구려의 장, 시를 내밀었다. 아이가 잠시 엄마를 돌아보았다. 아이들 본능이다. 엄마가 손을 흔들자 아이가 시에 손가락을 담갔다.

쫍!

하얀 손가락이 입으로 들어갔다 나왔다.

"어때?"

민규가 물었다.

"짜요!"

"……."

큰 소리가 나왔다. 시민들이 와하핫 웃었다. 하지만 다음 대답이 이어지자 웃음이 벼락처럼 끊겨 버렸다.

"그런데 달아요."

그리고, 돌발이 일어났다.

"엄마, 엄마도 먹어봐. 간장이 맛있어."

아이가 엄마를 부른 것이다. 홍설아가 순발력으로 방송을 이어갔다. 엄마가 나왔고 딸과 함께 카메라를 장식했다.

"후아, 정말 짭조름하면서도 단맛의 여운이 깊어요."

아이 엄마도 인증을 했다. 시민들에게서 박수가 쏟아졌다.

"기다리던 시식 시간입니다. 시식표를 뽑으신 분들은 이쪽으로 줄을 서주시기 바랍니다."

홍설아가 시식을 알렸다. 이번에도 어린이와 임산부, 어르신들이 우선이었다. 영부인 역시 대사 부인들과 줄을 섰다.

"준비된 요리는 네 가지입니다. 우선 연잎국수는 보기만 해도 나라 사랑하는 마음이 생기는 태극색이죠. 한 입 머금으면 여러분의 근심과 스트레스를 쫙 날려서 몸을 가뜬하게 만들 겁니다. 두 번째 각색어채는 그야말로 건강식입니다. 몸에 좋은 어류와 해산물, 거기에 안동 지방의 특산물까지 정성껏 넣은 명품 요리이므로 여러분의 입맛을 한층 고양시켜 줄 것으로 믿습니다. 그 옆의 소방은 정말 먹기 미안할 정도로 아름답습니다. 구수한 토종닭을 소로 넣었으니 보통 만두와는 포스부터 다르지 않습니까? 마지막으로 민속전은 우리 겨레 유전자가 비만 오면 환장을 하는 맛에 전통의 고결함을 입혔으니 보기만 해도 즐거운 요리가 아닐 수 없네요."

장광의 요리 설명에 이어 민규가 마이크를 받았다.

"네 가지 요리는 그냥 드셔도 좋고 여기 고구려의 장, 시와 허균의 도문대작에 나오는 산초장, 초시에 비비거나 찍어 드시면 더욱 좋습니다. 드시면서 고구려 사람들의 식문화와 조선시대의 맛을 엿보시고 더불어 성인분들에게는 전통 막걸리를 한 잔씩 드릴 테니 잠시 타임머신을 타고 고구려와 조선의 장터에 왔다고 생각하시고 즐겨주시기 바랍니다."

"와아아!"

광장에 환호성이 일었다. 재희와 종규, 장광과 유혜정의 팀들도 바빠지기 시작했다. 그릇으로 만들어진 건 대나무를 쪼갠 것. 칸으로 나눠진 곳에 국수와 어채, 소방, 민속전을 담고 시와 초시는 조개껍데기 위에 올려주었다.

"이 연잎국수… 정갈하네, 정갈해."

"어채는 죽음이야. 이런 맛 처음인걸?"

"으허헛, 소방은? 이게 만두야? 꿀이야?"

"민속전은? 이런 전으로 막걸리나 동동주 먹으면 밤을 새워도 안 취하겠다."

음식을 맛본 시민들이 환호를 했다.

"나는 이 장이 신기하네? MSG를 넣은 것도 아닌데 어떻게 이렇게 금방 간장 맛이 나지?"

"그러게나. 이 초시라는 고추장 맛도 독특하니 괜찮은데?"

민규의 장에 대한 평가도 상당했다. 그 백미는 영부인 쪽이었다. 대사 부인들과 시식을 하는 그녀의 표정은 자부심으로 가득해 있었다. 대사 부인들의 반응 때문이었다. 그중 한 사람, 프랑스 대사의 부인 사브리나가 주인공이었다. 한국 요리에 대해 호평이 나온 까닭이었다.

"소스가 기막히네요. 이 고구려 소스… 뭐랄까? 원시적인 맛이면서도 자연미가 풍후하다고 할까요? 짠맛 뒤에 찾아오는 단맛의 여운이 환상이네요. 이런 건 완전한 자연식품에서나 볼 수 있는 맛인데… 그리고……."

그녀가 대화 중에 종아리를 보았다.

"왜요? 불편하세요?"

영부인이 영어로 물었다.

"그게 아니라… 이게 한국 병원은 물론이고 우리나라 파스퇴르 연구소의 진균 전문의가 보내준 약으로도 잘 안 낫던 건데……."

"……?"

"피부소양증이 가셨어요. 하나도 가렵지 않아요."

사브리나의 표정이 햇살처럼 밝아졌다.

"정말요?"

"그래요. 아주 포기하고 있었는데… 이 건강한 요리 때문인가 봐요. 초자연의 요리……."

사브리나의 시선은 요리에 꽂혀 움직이지 않았다.

"후밍위안은 어떠세요?"

이번에는 중국 대사 부인을 체크하는 영부인.

"좋네요. 수준급이에요."

그녀가 답은 여전히 시큰둥했다. 자국 요리에 대한 우월감이 깊은 그녀의 자부심은 여기서도 대체 불가의 활화산이었다. 게다가 민규, 뒤쪽 인파가 몰리는 바람에 그녀에게는 특별히 손을 쓰지 않았던 것이다.

"저기 젊은 셰프의 맛은 정말이지 빙산의 일각에 불과합니다. 나중에 궁중요리를 제대로 맛보시게 되면 그 마법에 홀리고 말 겁니다."

영부인은 중국 대사 부인을 조준했다.

"언제 한번 다른 요리도 맛보고 싶네요."

사브리나가 동조하자 후밍위안의 미간이 과격하게 구겨졌다. 그녀의 입장에서 어이없는 자신감으로 보였다. 적어도 요리로는 한국이 중국을 넘볼 수 없다고 자부하는 후밍위안이었다.

하지만 영부인의 도발은 이유가 있었다. 민규 덕분이었다. 민규를 만난 후로 믿는 구석이 생긴 그녀였다.

뿌듯한 영부인만큼 감격하는 사람은 또 있었다. 바로 차만술이었다. 자신의 민속전에 열광하는 사람들을 보았다. 전 같으면 거드름을 피우며 나댔겠지만 이제는 아니었다. 가슴 저 깊은 곳에서 뭉클함이 피어오르고 있었다. 요리의 참맛, 참맛에 감동하는 사람들. 그 진리의 뿌듯함을 이제야 깨달은 것이다.

마무리는 탕평채였다. 민규와 장광 거사, 유혜정이 합심해서 만들었다. 셋은 이제 신명이 오를 대로 올랐다. 그들 뒤의 대형화면에는 탕평채의 레시피가 떠올랐다.

'탕평채'라는 이름은 송인명이라는 학자가 지었다고 한다. 다양한 채소가 조화롭게 섞이듯 당시의 당파 싸움도 화합하기를 바라는 뜻이었다. 뜻으로 치면 중국의 만한전석과도 통하는 요리. 봄가을에 입맛을 돋우어주는 음식으로 진달래화전, 화면, 진달래화채, 쑥경단 등과 함께 삼짇날의 절식으로도 꼽혔다.

마지막 요리는 민규와 장광, 유혜정이 함께 나눠주었다.

탕평채.

단순히 맛난 전통요리가 아니었다.

빈부의 격차와 취업, 경제난, 그리고 세대와 성별 간의 크고 작은 갈등들. 그 모든 일에서 서울 시민이 모두 조화롭게 화합하기를 바라며. 대한민국 전체가 조화와 화합을 이루길 바라는 요리였다.

'다들 그렇게 되시기를⋯⋯.'

한 사람, 한 사람의 그릇마다 민규는 그 소망까지 담뿍 담아주었다.

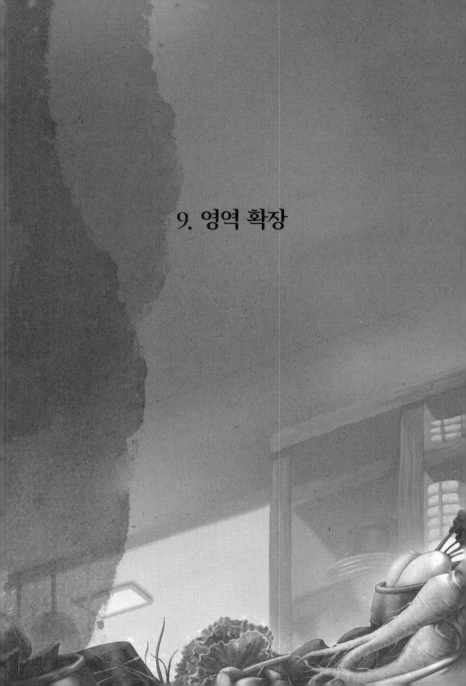

9. 영역 확장

"하하핫!"

웃음소리가 높았다. 시청 뒤의 뒤풀이 장소였다. 민규네 출연자와 스태프들이 모두 모였다. 장광의 제자가 독립한 한정식집이었다.

"오늘 정말 대박이었습니다. 정말 수고들 하셨습니다."

손병기는 더없이 고무되어 있었다.

"저도 오늘 너무 좋았어요. 먹방이나 요리 관련 프로그램에 많이 출연해 보았지만 신기원을 연 것 같아요."

홍설아의 목소리도 높았다.

"저희는 먹방이 아니잖아요? 요리보다 사람 쪽이니까요."

김 작가가 프로그램의 정체성을 분명히 했다.

이 사람이 궁금하다.

제목처럼 사람 중심이었다. 요리라는 매개체를 두었지만 그 안에서 강조된 건 민규와 장광 거사, 그리고 이 시대의 대표 종부 유혜정의 요리 철학이었다. 프로그램은 그들이 어떻게 요리라는 세계를 이룩하고 있는지를 요리를 통해 조명했다. 전편의 주제가 그랬다.

"나는 오늘 새로 태어난 기분입니다. 이 셰프, 진짜 멋졌어요."

장광도 민규를 띄워주었다.

"저도 그래요. 이렇게 든든한 젊은 분이 있다는 사실이 너무 뿌듯해요. 나보다도 더 노련하더라니까요."

유혜정도 덧말을 추가했다.

"별말씀을요, 저야 두 분이 떡 버티고 계시니까 겁날 게 없었죠."

민규가 답했다. 솔직한 생각이었다.

서울광장의 전통요리 축제.

그야말로 열린 장터 축제였다. 열린 진행으로 시민들의 자연스러운 참석을 유도했고 그 결과는 대박이었다. 더구나 아이들도 많았다. 민규는 그 점이 좋았다.

유치원 편식 교정 프로그램.

그게 왜 필요했을까? 인간은 어릴 때의 식습관이 중요했다. 유치원 편식처럼 단순히 식재료를 가리는 것만이 편식이 아니었다. 다양한 요리를 접하지 못하는 것도 편식에 속했다. 그렇기에 많은 어린이들에게 우리 맛의 원형을 보여준 일이 뿌듯할 수밖에 없었다.

"자자, 다시 한번 건배합시다. 다들 오늘 정말 고생 많았어요."

손병기가 건배를 제창했다. 일동은 동동주 잔을 높이 들었다.

"얼씨구!"

"지화자!"

건배사도 우리 것으로 해치웠다. 그 제안은 유혜정에게 나왔다.

"아이고, 이거 대가님들을 모시고… 음식이 입에 맞을지 모르겠습니다."

장광 거사의 제자인 주인이 들어섰다. 40대 후반의 남자였다.

"알면 잘하시게. 여기 우리 이 셰프나 유 선생님 입맛 만족 못 시키면 어디 가서 나한테 배웠다는 말은 벙긋도 하지 말고."

장광이 괜한 으름장을 놓았다.

"저도 아까 잠깐 구경을 나갔었는데 굉장하더군요. 저는 이 셰프님 나이에 무도 제대로 못 썰었는데……."

"고맙습니다."

민규가 칭찬에 답했다.

"저희 음식 맛 어떻습니까? 평 좀 부탁드립니다."

주인이 민규에게 물었다.

"좋습니다. 밑반찬이 하나하나 정갈하네요. 밥맛도 좋고요."

"아유, 밥은… 이제껏 밥 하나는 제대로 한다고 생각했는데 아까 이 셰프님 밥 보니까 반성이 되더라고요. 앞으로도 더 연구하겠습니다."

주인이 얼굴을 붉혔다. 이 또한 간접 효과였다. 좋은 요리를 보면 자신을 돌아보게 된다. 그렇기에 요리에 완전한 만족이란 없었다.

이때 스태프 하나가 들어와 손병기에게 뭔가를 속삭였다.

"여러분, 영부인께서 뒤풀이에 참석하신다는데요?"

손병기가 소리쳤다.

"와아!"

당장 환호성이 울렸다.

"영, 영부인께서요?"

주인장은 당황하는 기색이 역력했다. 그에게는 큰 영광이 아닐 수 없었다.

"그대로들 계세요."

영부인의 등장은 번거롭지 않았다. 이번에는 수행원 한 사람만을 대동하고 있었다.

"우리 집이 코앞이잖아요? 수고하신 여러분을 그냥 보내는 것도 도리가 아닌 것 같아서요."

"고맙습니다!"

일동이 합창을 했다.

"대신 오늘 뒤풀이는 제가 쏘겠어요. 괜찮죠?"

"와아아!"

다시 한번 함성이 실내를 울렸다.

출연진을 일일이 격려한 영부인, 민규와 유혜정 사이에 자리를 잡았다. 그녀의 선택이었다.

"제가 한잔 드릴까요?"

영부인이 동동주 통에 뜬 호롱박 주걱을 집어 들었다.

"영광입니다."

장광 거사가 시작이었다. 그 뒤로 유혜정을 지나 민규의 잔까지 술이 채워졌다.

"쭉 드세요. 제가 만든 건 아니지만……."

영부인이 술을 권했다. 민규는 고개를 돌린 채 원샷으로 술을 넘겼다. 작은 잔이라 크게 부담스럽지 않았다. 영부인은 현장의 소감을 솔직담백하게 들려주었다. 스태프들에게는 한국의 맛을 부각시키는 새로운 지평이었다는 치하도 아끼지 않았다.

그녀의 화술은 평안하고 세련되었다. 장광과 유혜정의 요리를 칭찬한 후에 민규로 넘어왔다. 국모다운 배려였다.

"고구려의 장 시를 시식할 때는 거짓말 안 보태고 가슴이 다 떨렸어요."

영부인이 뒷말을 이었다.

"제가 모셔 온 분들이 프랑스와 중국 대사 부인들이셨어요. 그분들은 자국의 요리에 자부심이 강하거든요. 그런데 우리 요리사들이 고구려를 불러놓았잖아요. 무려 1,700년 전의 소스 말이에요."

"……."

일동은 영부인의 말에 귀를 열고 있었다.

"저는 한국인이니까 한국 장의 기원에 대해 자부심을 갖는 게 당연하지만 그 두 대사 부인들도 놀라더라고요. 한국 셰프들의 격조 높은 요리관에 대해서 말이에요. 특히 프랑스 대사 부인은 원초적인 맛에 감탄을 금치 못했고요."

"……."

"저는 여러분이 너무 자랑스럽습니다. 이렇게 우리 것의 소중함을 이어가는 분들. 이런 분들이 많아야 나라가 제대로 서고 나라의 품격이 높아지는 일이니까요."

"……."

"다시 한번 세 분과, 뒤에서 고생하신 분들, 나아가 스태프 여러분에게 진심 어린 감사를 전합니다."

짝짝짝!

영부인의 발언과 함께 잔잔한 박수가 쏟아져 나왔다. 그녀가 민규를 슬쩍 돌아보았다. 그녀의 눈길에는 따뜻한 격려가 들어 있었다.

뒤풀이는 단출하게 끝냈다. 하지만 그것으로 끝은 아니었다. 홍설아가 다가와 2차 제의를 한 것이다. 우태희도 함께 졸랐다. 별수 없이 장광 거사, 유혜정 등과 함께 2차를 가기로 했다.

가는 사람, 남는 사람이 헤어질 때 영부인이 민규를 불렀다.

"이 셰프님."

"예?"

"아쉬운 작별 시간이네요."

"예……."

"그런데 오늘 혹시 사브리나에게 무슨 비법 같은 거 쓰셨어요?"

"함께 오신 금발의 멋진 분이요?"

"네."

"그분은 기회가 되길래 조금 손을 썼습니다."

"어머, 역시……."

"그분이 水형인데 피부 트러블이 있는 것 같더군요. 그래서 피부병을 잡는 약수를 조금 첨가했습니다. 한 번 더 모시면 확실하게 잡을 것 같은데……."

"짐작은 했지만 그랬군요. 사브리나가 너무 행복해했어요. 당장의 가려움증이 멈춘 모양이에요."

"그래도 다행이네요."

"그래서 말인데… 제가 지난번에 말씀드린 요리 외교 말이에요."

"네."

"그게 말하자면 현재 주한 대사관 부인회에 만찬 모임이 있어요. 중국 대사 부인 후밍위안의 주도로 시작한 모임이죠. 자국의 영향을 극대화하기 위해서 시작한 건데 프랑스와 일본, 미국 쪽에서 참가하고 있어요."

'프랑스와 일본, 그리고 미국?'

거기에 중국을 더하니 요리 4강이었다.

"제가 청와대에 들어가기 전부터 시작된 일인데 이제는 외교가의 화제가 되고 있지요. 하지만 주한 외교 사절들의 만찬에 한국이 들러리가 되니 자존심 상하는 일이잖아요? 그래서 후밍위안에게 한국도 한 축을 맡겠다고 했지만 거절을 당했었죠."

"……."

"그래서 오늘 두 대사 부인을 대동했던 거예요. 일본과 미국 대사 부인은 공석이라 어쩔 수 없었지만 자연스럽게 한국

셰프의 능력을 보여주려는 의도였는데 셰프님 덕분에 성공을
했어요. 사브리나가 호감을 보이니 후밍위안도 한발 물러서더
군요."

"한 축을 받게 되었나요?"

"절반만요."

"……?"

영부인의 말에 민규가 고개를 들었다.

절반!

묘한 뉘앙스가 나온 것이다.

"제가 의도적으로 셰프님을 띄웠더니 반발심이 생기는 모양
이더군요. 머잖아 중국 대사관 쪽에서 만찬회를 열 차례인데
자신 있으면 셰프님 요리를 선보일 기회를 마련해 보겠다고
해요. 거기서 중국요리보다 좋은 평을 얻으면 요리 만찬에 한
국 측 시드를 내줄 생각인 것 같아요."

"테스트군요?"

"그 사람들 측에서 보면 그렇지만 우리 입장에서는 한 수
보여줄 기회이기도 하죠."

영부인이 웃었다. 국모다운 대범함이 엿보이는 생각이었다.

"어때요? 누가 우물 안 개구리인지 지도 한번 해주실래요?"

"지도라고요?"

"제가 중국요리를 알잖아요? 몇 번 참석해서 대륙 셰프들의
요리를 맛보았어요. 물론 굉장하죠. 다들 감탄해서 찬사를 금

치 못해요. 하지만 제가 볼 때는 셰프님만 못해요. 셰프님 요리에는 단순한 맛이 아니라 진솔함과 혼이 들어 있고 육체적, 정신적 건강까지 포만감을 주잖아요?"

"……."

"셰프님이라면 할 수 있어요. 우리 궁중요리의 진가와 약선 요리의 진가… 중국이든 일본이든, 프랑스든, 결코 뒤지지 않는다는 것."

"미리 약속을 하신 것 같으니 거절할 수도 없군요. 국모님의 신용도를 떨어뜨릴 수는 없으니까요."

"역시 승낙이군요. 그러실 줄 알았어요."

영부인이 포근하게 웃었다. 민규에게 보내는 강철 같은 지지였다.

각국 대사 부인 만찬회.

어쩌면 각국 정상 만찬보다도 더 어려운 자리일 수 있었다. 하지만 제2전생 권필, 그를 생각했다. 그는 살아생전 중원의 주인공 원나라에게 쫄지 않았다. 그 전생의 능력을 받았으니 다를 것도 없었다. 천 년 전의 무대를 현대로 옮겨 오면 될 뿐.

*　　　*　　　*

"아, 진짜… 손 피디님 쪼잔하시네? 촬영 대박 치고 온다는 게 겨우 여기예요?"

찻집에 들어서자 홍설아가 볼멘소리를 냈다. 연예인 쪽에서
는 홍설아와 우태희, 송예나가 참석을 했다. 손병기와 김 작가
도 동석. 민규와 장광, 유혜정을 합치니 여덟 명이 되었다.

"그럼 어디로 갈까? 어디 가면 여기 세 분보다 맛난 요리를
하는 집이 있겠어?"

손병기가 받아쳤다. 홍설아는 대답하지 못했다.

"얘, 본전도 못 건지겠다. 그냥 주는 대로 먹자."

우태희가 홍설아를 위로했다.

이 자리에서의 화제도 고구려의 장 시였다. 장 좀 담가봤다
는 장광과 유혜정도 혀를 내두른 까닭이었다.

"그게 사실 흉내는 낼 수 있지만 시식까지는 무리거든요.
고서에 나오는 하루도 그렇지만 몇 시간 만에 간장 맛이 제대
로 나는 건 귀신이 아니면 불가능해요."

유혜정이 고개를 저었다.

"제가 생각하기엔 두 분의 요리가 좋았기 때문에 장맛은 덤
으로 따라간 것 같습니다. 사람들이 장맛을 따로 생각할 시간
이 없었던 거죠."

민규가 겸손하게 답했다.

"귀신 맞아요. 나도 불가에 잠시 의탁했던 처지에 이런 말
하면 안 되지만 장독대에는 철융신이 있지 않습니까? 이 셰프
손에는 철융신이 붙은 모양입니다."

장광도 민규의 고구려 장맛을 높이 사주었다.

　"그러고 보면 우리 이 셰프님 요리는 귀신도 까무러치게 만들 거 같아요. 안 그래, 언니?"

　홍설아가 우태희를 돌아보았다.

　"맞아. 이 셰프님 요리는 귀신도 뻑 가고, 하느님도 뻑 가실 걸?"

　"그러고 보니……."

　그 말을 들은 유혜정이 말문을 열었다.

　"이 셰프님은 어떠세요? 혹시 가능하세요?"

　"귀신을 위한 요리요?"

　"예."

　"그거라면 유 선생님이 전문가 아니십니까? 일 년이면 제상을 수십 번씩 차리시는 분이시니……."

　"저야 형식만 갖추지, 맛은 없나 봐요. 제가 귀신 한 분께 요리를 올렸는데 효과가 없더라고요."

　"……?"

　"가능해요? 궁금해서 그래요."

　유혜정이 거듭 물었다. 그러자 모든 사람의 촉각이 민규에게 쏠렸다.

　귀신을 위한 요리!

　그렇다면 제사 음식이다. 그 전문은 종갓집의 종부인 유혜정이었다. 그런 그녀가 민규에게 묻고 있는 것이다. 그것도 아주 진지하게…….

"가능하기는 합니다."

민규가 답했다.

"와아!"

당장 감탄이 새어 나왔다. 다른 요리도 아니고 귀신을 위한 테이블. 그 말도 되지 않는 말. 그러나 대답한 사람이 민규였다. 그렇기에 누구도 농담으로 듣지 않았다.

민규 입장에서는 이미 경험이 있었다. 부모님에게 확인하지 않았던가? 되는 일이기에 된다고 답한 것뿐이었다.

"그럼 언제 제가 한번 예약해야겠어요. 그럴 만한 사연이 있거든요."

"어떤 사연인데요? 알려주시면 안 돼요?"

궁금하면 그냥 넘어가지 못하는 홍설아. 바로 끼어들었다.

"실은 제가 부탁을 받았는데 실패를 했거든요."

"……!"

유혜정의 말에 실내에 정적이 흘렀다.

"제 초등학교 동창 중에 부모님을 잃고 싱글로 사는 친구가 있어요. 이 친구가 부모님 제사를 정성껏 모시는 재미로 사느라 저한테 와서 제수 음식을 배워 가기도 했는데 재작년까지 한 2~3년 동안 해외 사업 때문에 외국에 나가 지냈어요. 거기서도 제삿날은 꼭 챙겼다고 하는데… 아무튼 그 후로 귀국하고 나서부터 아버님 기일이나 생전 생일, 한식 같은 날이 오면 꿈자리가 사나워진대요."

"……."

"워낙 효성이 강한 친구라 자기 음식이 성의가 없어서 그런가 하고 한번은 저한테 음식을 맞췄어요. 그날도 역시 꿈에 아버님이 나타나 노한 표정을… 저, 체면 한번 제대로 구겼죠."

"혹시 그 친구분 몸이 약해진 건 아니고요? 신경쇠약 같은 거 오면 헛것이 보이기도 한대요."

홍설아가 물었다.

"그래서 병원에도 가봤는데 이상은 없다고 해요. 게다가 그 꿈이라는 게 꼭 그런 특정한 날에만 꾸는 데다 부모님 무덤이 나란한데 유독 아버님만 나타나는 거라서……."

"……."

"얘기를 듣다가 문득 생각이 났어요. 이 셰프님 같은 음식 솜씨면 내 친구 아버님들이 감복하고 제수 음식을 드시지 않을까……."

"……."

"저 농담 아닌데… 진짜 한 번만 수고해 주세요. 그 친구가 그 일로 신경이 쓰이다 보니 요즘 사업도 뒤숭숭하고… 아버님 기일은 곧 돌아오는데… 돈은 얼마든지 낸다고 해요."

"돈은 문제가 아니고요, 선생님의 친구분이라면 제가 한번 도전해 보겠습니다."

"아유, 고마워요. 내 친구가 좋아하겠네요. 이 셰프님으로도 안 되면 친구도 포기하고 편해질 거 같아요."

유혜정이 반색을 했다.

사자(死者)를 위한 테이블.

시간은 일요일 밤.

또 하나의 예약을 접수하는 민규였다.

"셰프님."

자리를 털고 일어날 때였다. 우태희가 다가왔다.

"가셔야죠?"

"그래야겠네요. 마음 같아서는 밤새도록 셰프님이랑 요리 얘기 하고 싶은데……."

"오늘 애 많이 쓰셨습니다. 덕분에 저희 요리가 더 빛났던 것 같아요."

"별말씀을요, 우리는 아까 셰프님이 주신 약선차 덕분에 즐겁게 촬영했답니다. 분장이 곱게 먹었거든요."

"다행이네요."

"셰프님 덕분에 진짜 요리에 대해 눈떠가고 있는 거 같아요. 다시 또 요리 영화나 드라마 기회가 오면 그때는 제대로 할 수 있을 것 같아요."

"이미 대박으로 인증받으신 분이……."

"고구려 장은 정말 대단했어요. 도문대작의 산초장도요. 요리 드라마 찍을 때도 그런 게 있는 줄은 몰랐거든요."

"그런 데 관심 있는 태희 씨가 대단한 거죠."

"박세가 선생님하고도 잘되었다면서요?"

"예, 덕분에……."

"다행이에요. 물론 셰프님이 꿀릴 거 없다는 거, 제가 잘 알고 있었지만요."

"그분도 좋은 분이시더군요."

"좋은 분은 셰프님 같아요. 요리의 맛처럼 사람들을 다 품어버리고 있잖아요."

"그래요?"

"아시겠지만 저도 실은 처음에는 셰프님이 별로였거든요. 그런데 지금은 팬이 되었어요."

"팬이야 제가 태희 씨 팬이죠. 대한민국 대표 스타신데……."

"흐음, 천만에요. 스타는 중요하지 않아요. 인기는 솜사탕 같아서 손에 쥐고 있을 때는 달콤하지만 금방 녹아버리거든요. 하지만 요리는 그 반대지요. 셰프님의 요리는 시간이 갈수록 농익고 깊어져서 결국에는 사람의 마음까지 홀려 버릴 것만 같아요."

"언니!"

그때 홍설아가 돌연 끼어들었다.

"뭐야? 지금 이 셰프님에게 프러포즈하는 거? 나한테 평생 당신의 요리를 먹여주세요?"

"야아."

"흐음, 수상한데?"

"기집애. 그런 줄 알면 웬 방해? 나는 뭐 프러포즈 좀 하면 안 되냐?"

"어? 팩트였어?"

"야아, 좀……."

"헤헷, 미안. 조크야, 조크. 뭐 언니가 셰프님 찜했다면 내가 양보할 수도 있지만."

"뭐어?"

"왜 이러서. 셰프님 기득권은 나한테 있거든. 우리 항아가 먼저 찜해서 나한테 넘긴 거 몰라?"

"헐!"

"하핫, 그만들 하세요. 제 낯이 뜨거워집니다."

민규가 두 스타의 폭주를 막았다.

"기집애, 아무튼 방해 말고 차나 준비해. 난 셰프님께 비즈니스 있거든."

"은지후 케이터링?"

"그래, 그 선배가 꼭 좀 물어봐 달라지 뭐냐? 이 셰프님 소문은 또 어디서 들었담."

"그러게 말이야. 그 까탈스러운 인간이… 아무튼 빨리 나와. 아니면 진짜 프러포즈한다고 쫙 공표해 버린다."

홍설아가 자리를 비켰다.

"케이터링이요?"

민규가 우태희에게 물었다.

"예, 은지후라고 알죠? 우리 소속사 왕언니인데 이번에 '천년 후에'로 떴잖아요. 무려 1,200만 명이나 들어왔으니……."

천년 후에는 얼마 전에 끝난 영화였다.

은행나무 씨앗에 담겨진 천 년 전의 인연을 가지고 태어난 여자가 초인적인 후각으로 세계 향수 업계를 장악하는 성공기.

오래전에 히트를 친 '향수'의 광기와 카리스마를 뛰어넘는다는 평을 받으며 천만 족보에 이름을 올린 영화였다.

은지후는 그 영화의 주연이었다.

"다음 주에 특집 스타 프로그램에 초대를 받았대요. 거기 장식할 케이터링을 셰프님께 부탁하고 싶다고… OK만 해주면 그 프로그램 스태프 쪽에는 매니저가 정리를 하려나 봐요."

"태희 씨 부탁이면 해봐야죠. 언제 한번 저희 가게로 오라고 해주세요. 어떤 걸 원하는지 알아야 하니까요."

"그래주시겠어요? 친한 언니는 아닌데 부탁을 하니… 연예계가 생각보다 좁거든요. 젊은 꼰대들의 꼰대질도 막강하고……."

"그럼 나가실까요?"

"잠깐만요."

민규를 세운 우태희, 어깨에 묻은 먼지를 털어주었다. 아까 화장실에 다녀올 때 문에 부딪친 적이 있는데 그때 뭐가 묻은 모양이었다.

"됐네요. 대한민국 국대 셰프께 먼지라니, 안 될 말이잖아요?"

우태희가 민규를 바라보았다. 어색한 시선의 마주침. 그녀는 연기자다운 순발력으로 윙크를 날렸다. 민규를 나른하게 만드는 눈짓이었다.

*　　　*　　　*

끼익!

차가 초빛 마당에 멈췄다.

"형!"

"셰프님."

종규와 재희가 다가왔다.

"재희는 아직 안 갔어?"

민규가 차에서 내리며 물었다.

"셰프님이 안 왔는데 어떻게 가요?"

"그래도 피곤할 텐데……."

"하나도 안 피곤해요. 종규 오빠랑 요리 연습하고 있었는

걸요. 각색어채 만들기를 했는데 제가 이겼어요."

"야, 니가 언제 이겨? 무승부지."

"흥, 내가 먼저 끝냈잖아? 게다가 오빠 어채 모양은 뒤죽박 죽이었고."

"그래도 맛은 내가 더 좋았잖아?"

"아이고, 얘들 진짜 안 피곤한 모양이네. 내친 김에 셋이 차 라도 한잔할까?"

"셋이 아니고 넷."

민규가 말하자 종규가 정정을 했다. 그리고 보니 문 앞에 차만술이 보였다. 그도 민규를 기다린 모양이었다.

"사장님."

"힘들지?"

"아뇨. 사장님이야말로 피곤하지 않나요?"

"나는 괜찮아. 오늘 밤에 잠도 못 잘 것 같은걸."

"예?"

"서울광장의 감격 말이야. 나 이 셰프가 고구려 장 만드는 거 보고 기절했다가 깨어났잖아."

"맛도 보셨어요?"

"봤지. 밥도 먹어보고 장도 먹어보고, 백제김치에 된장막걸 리도 마셔보고……."

"괜찮았나요?"

"아주 죽이더만. 특히 된장막걸리 말이야. 막걸리하고 된장이 그렇게 잘 어울릴 줄은 생각도 못 했어. 난 그저 몸에 좋은 약재만 생각했는데……."

"그거 실은 사장님 아이디어 도용이에요."

"내 아이디어?"

"옛날에 저 부릴 때 그런 말씀하셨잖아요? 회를 먹을 때 내공의 순서가 있다. 초고추장에 찍으면 초짜, 간장에 찍으면 중수, 된장에 찍으면 고수."

"그거야 내가 그냥 주워들은 말을……."

"생각해 보니 맞는 말이더라고요. 사실 간장도 좋은 장이지만 된장의 묵직함과는 결이 다르죠. 게다가 중국에도 된장으로 담근 오덕된장주라는 게 있다고 해서 막걸리에 응용해 보았는데 마음에 드시면 레시피를 드릴게요."

"정, 정말?"

"오늘 사장님 민속전하고 전통주도 인기가 최고였잖아요. 민속전하고 잘 매칭하시면 빅 히트 칠 것 같은 예감이 오던데요?"

"그게 다 민규 덕분이잖아. 그래서 인사라도 전하고 가려고……."

"일단 의자에 앉으세요. 아, 밤참 어때요?"

"나는 라면!"

종규가 손을 들었다.

"야, 지금 차 사장님에게 묻고 있잖아?"

민규가 핀잔을 주었다.

"아니야. 나도 라면 좋아. 내 신경 쓰지 말고 편안하게 만들어."

"들었지? 라면은 내가 끓여 올게. 신 비법, 쫄깃 탄탄 식감으로."

종규가 안으로 뛰었다.

오래 걸리지는 않았다. 재희가 보조하니 라면은 금세 테이블로 올라왔다.

"죄송합니다. 약선요리 하는 주제에 라면을 대접해서……."

민규가 얼굴을 붉혔다.

"괜찮다니까. 내가 할 소리는 아니지만 사람이 약 되는 음식만 먹고 살 수 있나? 술도 마시고 라면도 먹고 패스트푸드도 먹는 거지."

차만술이 말했다.

"그런데 아저씨."

라면을 밀어주던 종규가 눈빛을 세웠다.

"왜?"

"죄송하지만 어떻게 이렇게 달라지신 거예요? 솔직히 잘 믿기지 않아서요."

"어째서 그럴 거 같아?"

"그걸 알면 왜 묻겠어요?"

"네 형 덕분이지."

"종규야."

민규가 넌지시 견제구를 날렸다.

"아니야. 사실인데 뭘……."

차만술이 웃으며 뒷말을 이었다.

"딱 꼬집어 얘기하라면 이 라면 때문일지도……."

"라면이요?"

"오늘 주인공은 민규인데 내 신세타령해도 되겠어?"

차만술이 민규를 바라보았다.

"별말씀을요. 뭐든지 하셔도 됩니다."

차만술의 시선이 라면 발에 머물렀다.

"초심이라는 놈……."

그는 그걸 다시 내려놓고는 말을 이어갔다.

"지난번에 미슐랭 별 사기 건 말이야 그때 여기 와서 화풀이를 하고 올라간 적 있잖아?"

"예."

"며칠 동안 많이 망가졌지. 단골들의 비난 전화에 예약 취소 전화, 아울러 종업원들까지 뒤에서 쑥덕쑥덕……."

"……."

"한동안 술만 퍼마셨다네. 홀 안에 가득하던 손님들 대신에 들어찬 고요와 침묵의 무게를 견딜 수가 없더라고. 종업원들도 슬슬 사표 내고 안 나오고……."

"……."

"그러다 눈을 떴는데 밤이야. 어두운 홀 안에 나 혼자였어."

"……."

"허무와 좌절이 무거워도 배는 고파요. 그래서 뭐가 있나 생각하는데 뭐 만들기도 귀찮아. 그래서 나도 라면을 끓였다네."

"……."

"테이블에 신문을 깔고 라면을 먹으려는데 그 신문에 쓰인 기사가 보이는 거야. 도쿄의 라면집……."

'도쿄의 라면집?'

민규가 고개를 들었다. 그 얘기라면 차 사장에게 들은 적이 있었다.

그가 호기에 찬 시절, 툭하면 그 라면집을 팔아먹었다.

기왕에 요리를 배우려면 천하제일이 되어라. 그런 정신을 가져라.

그의 행동에 비춰보면 이율배반적인 것이라 귀담아듣지 않았던 이야기……

"일본 사람들을 좋아하진 않지만 그 사람들이 뭐 하나 하면 제대로 하려는 사람이 많잖아? 내가 하는 말이 아니고 간양록이라는 책에 나오는 말이야. 기사에 난 도쿄 라면집은 나도 가본 적이 있거든. 차 약선방 내기 전에 일본의 식당을 벤치마킹한답시고 말이야. 이름이 아마 다이쇼켄이었지. 그 라면집 정말 대박이었어."

"……."

"하지만 내가 볼 때는 별거 없었어. 주인장은 늙어서 제대로 서기도 힘들어 보였고 메뉴라고 해봤자 라면… 그런데 이틀 후에 폐업을 한다고 하더라고."

"왜요? 대박이라면서요?"

종규가 물었다.

"대박인데 주인이 늙었어. 더 이상 가게를 꾸릴 건강이 허락되지 않자 가게 입구에 세워둔 포렴을 내리기로 결정했다더군. 포렴을 내리는 건 가게 문을 닫겠다는 거거든."

"……."

"그 말을 들은 손님들 상당수가 눈물을 흘리더라고. 그래서 이틀 후에 다시 가보았지."

"……."

"그날 전국에서 단골들이 죄다 몰려들었어. 하루 400그릇 파는 라면은 이내 동이 나버렸고. 마침내 주인이 나와 포렴을 내렸는데 손님들은 그걸 보기 위해 그때까지도 자리를 뜨지 않은 거야."

"아리가또, 아리가또!"

"주인이 포렴을 내리고 인사를 하자 손님들도 합창을 했어. 그동안 맛있는 라면을 먹게 해주서서 고맙습니다

하고……."

그의 시선이 깊어졌다.

"그걸 보는 순간, 이거다 싶었어. 나도 언젠가 현역 요리사에서 물러나는 날, 저런 평가를 받고 싶다고."

"……."

"그 각오 때문인지 약선방이 처음 한두 해는 꽤 나갔어. 허접한 요리 프로그램에도 불려 가고 잡지에도 나오고. 거기서 망가졌지. 초심은 사라지고 테이블의 손님들이 다 돈으로 보인 거야. 그러다 보니 어떻게든 돈 벌 궁리만 했지. 진정한 의미의 약선이 아니라 그저 좋은 약재 잔뜩 때려 넣고 그 이름을 팔아먹는……."

"……."

"꼬질하게 라면을 먹다 보니 문득 도쿄의 다이쇼켄이 떠올랐어. 아아, 나는 아주 헛살았구나. 맛난 요리를 만들고 싶어 하더니 냄새나는 돈을 요리했구나 하고……."

"……."

"그 라면에서 솟아나는 김에 다이쇼켄의 늙은 주인 얼굴이 서리더라고. 그런 생각이 들었어. 이 사람이 내 스승이구나. 나에게 가르침을 주고 있구나."

"……."

"그런데 이내 지워지더니 또 다른 사람이 떠올랐어."

"누구요?"

또 종규가 물었다.

"우리 이 셰프!"

"······?"

"저 못난 건 모르고 민규에 대한 원망도 많았는데 다이쇼켄의 주인 얼굴과 함께 어리니 계시 같은 게 느껴졌어. 죽은 다이쇼켄 주인이 아니라 살아 있는, 그것도 가까이 있는 민규야말로 내 스승감이라는······."

"······."

"그날, 이상하게 마음이 편했어. 왜, 그런 말 있잖아? 다 끝난 것 같지만 무엇인가 남아 있는 게 인생이라는··· 늦었다고 생각할 때가 가장 빠른 때라는······."

"······."

"생각하느라 불어 터진 라면을 먹으며 생각했어. 차만술의 요리 인생은 이제부터다. 지금까지는 돈에 미쳐서 헛발질했지만 이제라도 요리에 미쳐보자. 화려하고 비싼 외양의 요리가 아니라 가성비 좋은 요리로 말이야."

"······."

"다음 날, 김천익 부주방장부터 정리했지. 어차피 나도 그 친구 가르칠 능력도 없고 그 친구도 파리 날리는 나 씹느라 바빴고. 원래 아부 잘하는 친구라 붙들어두어도 그 아부에 내 귀가 팔랑거릴까 봐 퇴직금 좀 주어서 내보냈어."

"······."

"그게 다야. 그래서 우직하게 연구한 게 민속전. 민규가 방송에서 말한 요리책은 다 찾아보며 맛의 원형을 탐구했지. 수백 가지 전을 다 부쳐보면서 말이야. 물론 아직도 미완이지만."

차만술이 고개를 들었다. 담담하지만 신념이 들어찬 눈빛이었다.

"감동이네요. 제가 다 뭉클합니다."

민규는 차만술의 결심을 응원했다.

"그러니까 이제는 내가 초짜야. 나 좀 많이 가르쳐 주시게. 뭐든지 배우고 익힐 테니까."

"엇, 그러면 사장님은 재희 밑이에요. 여기서는 민규 형 다음에 나, 그리고 재희거든요."

종규가 선을 긋고 나섰다.

"어머, 뭔 소리래? 셰프님에게 제자가 되겠다고 한 건 내가 먼저야. 오빠는 동생이라고 얼렁뚱땅 끼어든 거잖아? 게다가 일식 자격증도 내가 먼저 땄고."

재희가 목청을 높였다.

"어이쿠, 그럼 두 분 선배님, 알아서 잘 모시겠습니다."

차만술이 넙죽 인사를 하며 마무리를 했다.

전에는 느끼하게만 보이던 붙임성도 달라 보였다.

왠지 민속전처럼 푸근한 것이다.

사람이 요리를 만들고, 요리는 사람을 만든다.

차만술을 보니 그 말이 실감났다.
후루룩후루룩!
꿀맛 라면이 비워져 갔다.

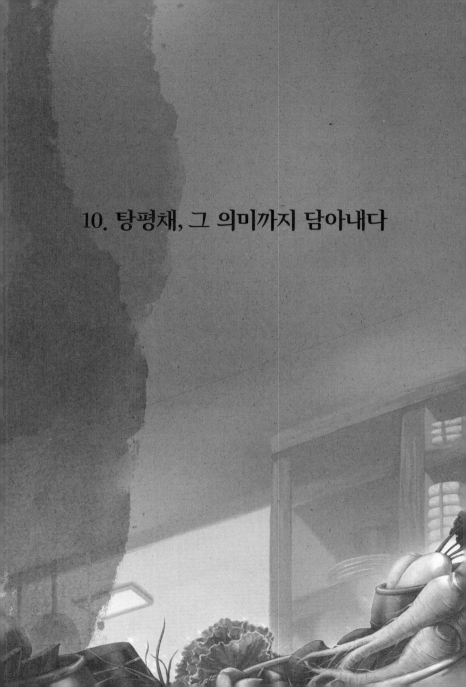

10. 탕평채, 그 의미까지 담아내다

[이 사람이 궁금하다.]

방송은 제대로였다. 설정부터 시민 친화적으로 다가선 야외무대가 성공적으로 먹혔다. 부제 또한 귀에 쏙 꽂히는 제목이 나왔다.

[당신의 밥도둑은 누구?]

밥도둑!
흔히 맛있는 반찬이나 요리를 논할 때 앞세우는 말이었다.

맛난 명란젓이나 간장게장, 새우장, 토하젓, 구운 김, 깻잎장
등 헤아릴 수도 없다. 당신의 밥도둑은 무엇인가?

첫 화면을 장악한 건 똘망한 아이들이었다.

"햄이요!"

"불고기!"

"삼겹살!"

"베이컨!"

아이들이 합창을 했다. 요리가 시작되기 전에 만든 자료였
다.

화면이 바뀌었다. 아이들이 민규의 오색밥을 먹고 있었다.
리포터가 다시 물었다. 첫 화면에 나온 아이들이었다.

"밥도둑은 뭘까?"

"그냥 밥이요."

"이 밥은 반찬이 필요 없어요."

"밥만 먹어도 개꿀맛이에요."

반전이었다. 아이들은 서로의 입가에 붙은 밥알을 떼어주
며 웃기 바빴다. 계란밥을 까서 보물처럼 아껴먹는 아이의 그
림도 나왔다.

스흡!

아이들 혀가 입술을 따라 댄스를 추었다.

밥!

가장 솔직하다는 아이들의 입맛까지도 바꾸어 버렸다. 그

밥은 때깔부터 달랐다. 천하 일미도 밥이 맛없으면 평가절하
될 판. 장국에 장아찌뿐이지만 신선의 요리 강림이었다. 외국
인들과 외국 대사 부인의 출연도 기막힌 포인트가 되었다.

민규가 고구려의 장, 시를 재연하는 모습에서 전문가 진우
재의 설명이 나왔다.

"구한말 변질된 궁중요리의 기원을 찾아가는 요리 전사 이
민규 셰프다운 발상입니다. 고분벽화 이후에 나오는 신라와
고려, 조선의 기록을 종합할 때 고구려의 장과 백제의 김치는
저런 원시적 맛이었을 것으로 추측됩니다. 서울광장 시식에
참석하지 못한 게 한이로군요."

그는 민규의 시도를 지지했다.

고구려의 장과 백제의 김치, 그리고 조선시대 도문대작의
초시장 재현.

굉장한 반향을 불러왔다. 요리 역사상 가장 먼 곳까지 도전
한 까닭이었다. 마무리가 된 탕평채, 한마음으로 탕평채를 먹
는 사람들. 방송의 대단원은 완전한 화합이자 축제의 승화였
다.

"고구려의 장을 맛보아서일까요? 왕부터 일반인들까지 한마
음으로 몰려나와 즐겼던 고구려의 축제 동맹을 보는 기분입니
다. 부족의 단결력을 강화시키고 삶의 활력소가 되던 전통사
회의 축제 동맹의 정신처럼 오늘 이 축제가 시민 여러분의 가
슴에 활력과 함께 전통에 대한 의미를 돌아보는 시간이 되었

기를 바랍니다. 고맙습니다."

마무리 멘트는 배현웅이 맡았다. 프로그램 마감 화면도 역시 밥이었다. 모락모락 김이 솟구치며 찰기와 윤기가 좌르르 흐르는 쌀알들. 시청자들의 옥침을 폭발시키며 화면이 닫혔다.

"아이고, 기가 막히네."

영업 종료 후에 함께 방송을 보던 황 할머니가 손뼉을 치며 좋아했다.

"세상에, 이 손은 사람 손이 아니여. 참말로 요리 귀신 손이여."

할머니는 민규 손을 잡은 채 놓지를 않았다.

"할머니 덕분이죠, 뭐."

민규는 겸손했다.

"나가 뭘? 일만 그르칠 뻔했지."

"동생분 일이라면 잊으셔도 됩니다. 그나마 그게 있었으니까 잘 끝났죠. 야생초죽 먹은 사람들 평이 얼마나 좋았는데요?"

"그게 민규 요리 솜씨 덕분이지, 우리 동생이 잘한 거야? 내가 언제든 그년은 혼찌검을 내줄 테야."

"이제 그만하세요. 아셨죠?"

"알았어. 민규가 그렇다면 그런 거지."

할머니가 마음을 풀었다. 나름 걱정을 하고 있던 눈치였다.

하지만 방송이 잘 끝났으니 민규의 말을 수용하는 할머니였다.

"자, 방송도 끝났으니까 재희랑 할머니는 퇴근하시고 또 내일 준비해야지?"

민규가 자리를 정리했다. 이제는 오너 셰프의 자리. 직원들은 오래 붙잡을수록 고달플 뿐이었다. 둘을 배웅하고 가게 전화를 내려놓았다. 경험은 소중하다. 방송이 나가면 반드시 전화가 폭주한다. 자칫하면 잠도 잘 수 없다. 그렇기에 잠시 내려놓는 것이 현명한 일이었다.

핸드폰도 마찬가지였다. 전화가 작렬하기 전에 차미람에게 전화를 걸었다. 뒤풀이가 길어지는 통에 도와줘서 고맙다는 인사를 못 했다. 차미람은 놀라 어쩔 줄을 몰랐다. 종규 편에 식사비까지 챙겨 받았기에 민규가 직접 전화할 줄은 몰랐던 것이다.

통화 후에 전원을 꺼서 핸드폰에 휴식을 안겨주었다. 오는 전화를 다 받았다가는 숨도 못 쉴 일이었다.

"형."

종규가 민규를 바라보았다. 기사에 딸리는 댓글처럼 뿌듯함이 가득한 눈빛이었다.

—요리의 타임머신 이민규 셰프, 격하게 응원합니다.
—우리는 오늘 역사의 한 페이지를 보았다.

—요리계의 마법사, 오늘은 밥으로 녹이는구나.

—약선요리의 포스, 3인방이 내 세 끼를 책임져 준다면 배 속에 꽃이 필 것 같다.

—위에 밥은 먹고 다니냐?

댓글은 끝도 없이 이어지고 있었다.

"니가 고생 많았다."

민규고 종규 어깨를 짚었다.

"내가 뭘."

"짜식, 니가 있으니까 형이 실력 제대로 발휘했지."

"쳇, 칭찬이야? 비난이야?"

괜히 구시렁거리는 종규를 당겨 가만히 안았다. 종규가 건강하다는 것. 그 팩트는 이 꿈 같은 현실 못지않게 소중했다.

"우리 스승님, 자?"

마당 끝에서 차만술의 목소리가 들렸다.

"어, 오셨어요?"

민규가 마당으로 나왔다.

"아니야. 들어가. 방송 보고 고맙다는 말 좀 하려고 전화했는데 꺼놨길래 인사만 전하러 왔어. 나 올라갈게."

"그러세요. 조심히 가세요."

돌아서는 차만술에게 손을 흔들어주었다. 이제는 배려심도 깊어진 차만술. 민속전이 방송에서도 호평을 받았으니 재개업에도 힘이 될 것 같았다.

"아저씨, 이제 제법 개념이 장착된 거 같아."

종규가 중얼거렸다.

"알았으면 너도 깍듯이 대해라. 아무리 옆길로 새신 분이라고 해도 너희가 넘볼 수 없는 분이셔."

"알았어."

종규가 순종했다. 차만술의 모습은 가로등 불을 따라 사라지고 없었다.

              *   *   *

"어, 이 셰프다!"

이른 새벽, 시장에 내리자 60대의 단골 여자 상인이 민규를 가리켰다.

"안녕하세요?"

민규가 먼저 인사를 했다.

"방송 잘 봤어요. 그렇게 대단한 셰프님인 줄 몰랐네."

상인들이 민규 주변으로 몰려들었다.

"아유, 이거 사인 받아야 하는 거 아니야?"

"그러게. 이렇게 유명한 사람이 우리 가게 단골이었다니……."

상인들의 얼굴에도 뿌듯함이 엿보였다. 세상은 이렇게 관계와 관계로 이어진다. 저 혼자 우뚝한 사람은 없으니 요리와도 같았다. 혼자서 맛난 요리도 있지만 여러 재료가 섞이면 빈 곳이 채워진다. 그 대표적인 요리가 바로 탕평채와 열구자탕으로도 불리는 신선로였다.

'탕평채.'

그 재료부터 확보했다. 녹두묵은 준비했으니 고기와 미나리, 숙주 등이 필요했다. 탕평채가 필요한 건 주용길 의원의 예약 때문이었다.

주용길 의원.

여당의 잠룡이다. 그러나 그는 영원한 잠룡이었다. 하지만 기회가 왔다. 대통령의 임기 말이 다가오면서 여권에 분란이 생겼다. 다음 대권을 위한 각자 행보 때문이었다. 수면 아래에 있던 계파들이 활동하기 시작했다. 경쟁이 치열하다 보니 부작용이 생겼다. 그 민낯이 보도되면서 당은 된서리를 맞았다. 여론조사에서 야당에 밀린 것이다. 이대로 대권 경쟁을 하면 야당에 청와대를 내줄 판이었다.

계파를 아우를 인물이 필요했다. 그 자리를 위한 포석이었다. 각 계파의 막후 실세로 불리는 다른 세 의원. 그들과의 은근한 불협화음을 불식하고 대권주자로 부상하려는 게 그의 복안이었다.

그런 자리라면 탕평채가 딱이었다. 탕평채의 유래 또한 조선 영조 때 여러 당파가 협력하자는 의미로 등장한 까닭이었다. 곁들일 음식은 피죽으로 정했다. 주 의원의 의향을 물으니 그도 공감을 했다. 그렇잖아도 오만의 극치로 보이는 여당. 호화로운 궁중요리 연회를 했다는 소문이라도 나면 난감하기 때문이었다.

탕평채.

사실 레시피도 간단했다. 미리 만들어둔 녹두묵을 집었다. 묵은 황포와 청포 두 가지였다. 녹두묵이라고 다 청포는 아니었다. 황두로 만들면 황포묵이 된다. 하지만 민규가 만든 묵은 치자로 색을 낸 황포묵이었다. 황두로 만들면 색감도 헐렁하고 맛도 떨어지는 까닭이었다.

점심 예약 행렬이 끝난 오후 시간, 마침내 주용길과 의원들이 도착했다. 주용길을 합쳐 네 명이었다. 그러나 그 넷이 합치면 나라를 들었다 놨다 할 수도 있는 여당의 거물들…….

"이 셰프님, 나 왔습니다."

주용길이 걸쭉한 인사를 하며 들어섰다. 손님들은 내실로 모셔졌다.

네 의원.

체질 창부터 체크했다.

"……!"

민규가 흠칫 놀랐다. 네 의원의 체질은 전부 달랐다. 파랑, 빨강, 흰색, 검정… 체질로 치면 木형, 火형, 金형, 水형의 만남이었다. 좋게 보면 오행상 동서남북을 이루는 만남이었고 나쁘게 보면 상극들끼리의 회동. 그야말로 탕평채가 최적의 요리 조합일 수 있었다.

"예약하신 대로 진행할까요?"

민규가 요리 확인을 했다.

"그러세요."

주용길이 대표로 확인을 했다.

"예약된 요리는 탕평채와 피죽… 죄송하지만 네 분은 좋은 자리를 위해 이 요리를 예약하셨습니다. 맞습니까?"

"네."

"그 화합을 제대로 이끌어내려면 특별한 식사 과정이 필요한데 괜찮겠습니까?"

"뭐든 알아서 하세요. 이 셰프 요리라면 무조건 믿고 있으니까."

"다른 의원님들도 그렇습니까?"

세 의원에게도 각각 확인에 돌입했다.

"당연하죠. 주 의원님이 극찬을 하는 데다 방송 활약도 대단하더라고요. 우리 비서관 말이 대한민국 국대 궁중요리사라니 무슨 이견이 있겠습니까?"

세 사람의 의견은 곽영주가 대표해 주었다.

"고맙습니다. 요리 준비해 드리겠습니다."

민규가 내실에서 나왔다.

초자연수 3종을 준비했다. 정화수와 방제수, 냉천수의 조합이었다. 머리를 맑게 하고 마음을 안정시키며 스트레스를 가라앉히는 처방이었다.

그런데…….

웬일인지 내실에 들이지 않고 탕평채부터 만드는 민규였다.

"셰프님, 약수 세트 들여갈까요?"

재희가 물었다.

"아니, 그냥 둬."

민규가 고개를 저었다.

피죽이 익어갔다. 탕평채도 오래 걸리지 않았다. 그런데 민규가 만드는 탕평채는 한 가지가 아니었다. 하나는 동국세시기의 레시피였고 또 하나는 다른 요리서의 것이었다.

압권은 재료였다.

1) 청포묵, 돼지 사태고기, 미나리, 김, 초장.

2) 황포묵, 돼지고기, 수육, 미나리, 숙주, 김, 깨소금, 고춧가루, 참기름.

이름은 같은 탕평채지만 들어가는 재료와 양념이 달랐다. 나아가… 썰어낸 묵도 청포와 황포로 달랐다. 이해할 수 없는 건 또 있었다. 1)과 2)의 재료 선별이었다. 1)의 재료는 이해 불가 쪽이었다. 미나리는 한 쪽, 한 쪽 맛을 보며 밍밍한 걸 추렸고, 묵 역시 맛이 처지는 걸 택했다. 돼지 사태도 기(氣)가 빠진 살을 골랐고 김 역시 다르지 않았다. 한마디로 네 가지 구성의 식재료들은 밍밍한 것들이었다.

후자는 달랐다. 식재료도 많지만 최상급 성분의 것들만 모았다. 하지만 이 역시 재희에게는 이해 불가였다. 민규는 단순히 좋은 재료만으로 요리를 구성하지 않는다. 그건 연주와도 같았다. 좋고—좋고—좋고—좋고… 이런 구성은 듣는 사람을 편하게 만들지 못한다. 그렇기에 조화를 생명으로 하던 민규. 그런 차에 닥치고 좋은 성분만을 택하니 고개가 갸웃 돌아갔다.

어쨌든 요리는 완성되었다. 민규는 그 식재료 그대로 두 개의 메인 접시를 세팅했다. 접시는 이중이었다. 탕평채를 담은 아래 접시에 하빙(夏氷)을 채워놓은 것. 하빙은 답답한 것을 풀 때 좋았다.

각 재료의 특성을 완전히 빼버린 청포묵 탕평채.

최상급 성분을 끌어모은 황포묵 탕평채…….

민규는 왜 이런 탕평채를 만들었을까?

사실 탕평은 영조의 전매특허가 아니었다. 중국에도 그 비슷한 만한전석이라는 게 있었고 고려시대에도 있었다. 즉 권력과 세력, 이해관계가 충돌하는 상황이라면 과거에도 미래에도 긴요한 게 탕평이었다.

"마음을 여는 요리를 만들 수 있겠느냐?"

이윤과 권필.

몇 번이고 황제와 왕에게 그런 특명을 받았었다.

지금 민규가 만드는 건 권필의 경험 공유였다.

권필은 고민했었다.

어떤 요리를 만들어야 왕과 반목하는 세력을 화합시킬 것인가?

권필의 선택은 더하기가 아니고 빼기였다.

권력은 더하기의 속성을 가진다.

그런 사람들의 자리에 요리까지 더하기 하면 화합은 공염불이 될 뿐.

권필의 방법은 고려 말 개혁 정책의 테이블에서 제대로 통했다.

왕의 개혁을 못마땅하게 여기던 반대파의 마음을 돌렸던 것이다.

세월은 변해도 권력의 속성은 그대로.

그렇기에 권필의 길을 응용해 가는 민규였다.

"가자."

민규가 앞섰다. 재희는 말없이 뒤를 따랐다.

"요리 나왔습니다."

다시 내실이 열렸다. 테이블은 황량했다. 여태 물 한 잔, 약선차 한 잔 올리지 않은 것이다. 재희의 보조를 받으며 들어선 민규. 그제야 두 접시의 탕평채를 먼저 내려놓았다.

두 접시의 탕평채는 모양이 달랐다. 당연히 화려한 황포묵 쪽이 시선을 끌어당겼다.

"어이쿠, 이게 바로 원방 궁중탕평채입니까? 때깔부터 다르군요."

묻는 사람은 곽영주였다.

그 또한 4선의 관록을 가진 사람.

구미가 당기는지 아니면 정치인의 쇼맨십인지 젓가락부터 찾았다.

하지만 수저 역시 '아직'이었다.

"수저가 없는데?"

곽영주가 민규를 바라보았다.

"그렇습니다."

민규는 당연한 듯 답했다.

"빨리 좀 주세요. 냄새만 맡아도 환장하겠네."

곽영주가 물잔을 잡았다. 그 손도 민규가 막았다.

"죄송하지만 물도 아직 안 됩니다."

"셰프?"

"주 의원님."

민규의 시선이 주용길을 겨누었다.

"이걸 예약하실 때 탕평에 대해 말씀해 주셨죠. 그걸 한 번 더 해주시겠습니까?"

"탕평 말이오?"

"예."

"허헛, 탕평이라… 우리 이 셰프께서 그 말을 좋아하시나? 탕평은 서경에 전하는 말로, 무편무당 왕도탕탕(無偏無黨 王道蕩蕩) 무당무편 왕도평평(無黨無偏 王道平平)에서 유래합니다. 싸움이나 논쟁에서 치우침 없이 공정, 공평함을 의미하지요."

"탕평채도 마저 설명해 주시지요."

"탕평채라… 내가 알기로 이 요리에 들어가는 재료들이 각 붕당을 상징하는데 미나리는 동인, 청포묵은 서인, 고기는 남인, 김은 북인을 상징한다고 들었어요."

"고맙습니다. 나머지는 제가 설명해도 될까요?"

"좋지요. 요리라면 역시 이 셰프시니까."

"동서남북이라 함은 역시 식재료처럼 음양오행설에 엮이게 됩니다. 동쪽은 청색으로 우환을 상징하고, 서쪽은 흰색으로 명복(冥福)을 상징하며, 남쪽은 적색으로 재수(財數), 북쪽은 흑색으로 죽음을 상징한다고 합니다. 우연히 이 자리에 모이신 분도 네 방위처럼 네 분입니다. 탕평채의 동서남북에 들어맞는 구성인데 운명인지 네 분의 체질도 동서남북의 구성과 같았습니다."

"오, 그래요?"

네 의원이 고개를 들었다.

"혹시 이 두 가지 요리 중에 어느 것이 원방인지 아실 수 있겠습니까?"

"글쎄요. 우리야 요리 전문가는 아니라서… 심플한 게 원방일까? 아니면 여기 화려한 쪽이 원방일까?"

주용길이 의원들을 바라보았다.

"궁중탕평채라면 아무래도 황색묵이 든 쪽이 아닐까요?"

서 의원이 의견을 제시했다.

"그럴 것 같군요."

곽영주의 동의가 나왔다.

"우리가 맞춘 겁니까?"

주 의원이 민규를 바라보았다.

"둘 다 옛날 요리책에 나오는 탕평채는 맞습니다. 하지만 하나는 초기의 순수에 가깝고 또 하나는 변형판이라고 볼 수 있지요. 황포묵이 든 게 그쪽입니다.

민규 손이 탕평채 2)를 가리켰다.

"하지만 그게 더 맛있어 보이는데?"

곽영주가 소감을 말했다.

"일단 시식을 해보시기 바랍니다."

민규가 재희에게 신호를 보냈다. 재희가 접시를 주자 민규가 두 가지 탕평채를 따로 덜어 시식을 시켰다.

"……!"

"……?"

의원들의 표정이 의외로 나왔다.

모양이 떨어지는 순수한 쪽의 맛이 오히려 나왔다.

황포묵 쪽은 맛의 부조화가 심했다.

미나리의 향은 너무 강했고 김은 저 홀로 고소했다.

게다가 선명한 참기름의 향 역시 입에서 겉돌았고 수육들도 그랬다.

"셰프……."

주용길이 민규를 바라보았다. 이 요리에는 다른 뜻이 있는 게 분명했다.

"맞습니다."

민규가 인정을 했다.

"이게 바로 특별한 식사 과정인 것이오?"

"맞습니다."

"그럼 이 약선요리에 대해 알려주시오. 다들 궁금한 눈치가 아니오?"

"아까 말씀드렸지만 네 분은 각기 다른 체질을 갖고 있습니다. 요리에 대한 취향도 다를 수 있지요. 이쪽 의원님은 신맛에 고소한 맛을 선호하시고 옆의 분은 단맛에 미나리처럼 향이 나는 식재료를 좋아할 체질입니다."

"……."

"그 네 체질들이 다 좋아할 극상의 성분만을 골라 만든 게 바로 이쪽 황포묵 탕평채입니다. 청포묵 쪽은 오히려 성분이 조금 떨어지는 걸 골랐습니다."

"이해가 잘 안 되는 설명이 아니오? 좋은 걸 골라 넣었으면 맛이 더 좋아야지."

곽영주가 의견을 내놓았다.

"일반적으로는 그렇습니다. 하지만 맛이란 오미의 균형이 중요한데 그 균형은 최고의 성분을 넣는다고 이루어지는 게 아닙니다. 예컨대 인간의 미감이 느끼는 강도는 쓴맛〉신맛〉짠맛〉단맛의 순서가 있으니 이러한 고려 없이 오미를 균등하게 넣으면 오히려 맛을 버리게 되는 것입니다."

"오……."

"아까 주 의원님께서 탕평의 의미를 설명해 주셨는데, 실은 저도 요리를 앞두고 네 분이 회동하는 탕평에 대해 잠시 생각하게 되었습니다."

"……."

"요리사 주제에 정치에 대해 뭘 알겠습니까마는 영조께서는 왜 하고많은 궁중요리 중에 탕평채를 중시하셨을까요? 귀한 용봉탕도 아니고, 칠향계도 아니며 전복이나 민어도 아니었습니다. 어떻게 보면 거국적 협력을 원하는 자리의 요리로는 조금 부실해 보이기도 하지요."

"……."

"제가 해석하니 이는 서로 비우고 가자는 뜻으로 보았습니다. 화려한 수사 따위는 다 빼고 오직 국정을 위해 거당적으로 협조하자……."

"……."

"국민을 위한답시고 온갖 감언이설로 위장하지 말고 정치에 입문한 초심으로 협력하며 돌파구를 찾자."

"……."

"청포묵 탕평채는 그쪽이었습니다. 네 가지 식재료들은 야단스럽지 않은 성분으로 골라 원칙에 맞춰 요리를 했습니다. 그랬더니 오히려 맛이 좋았지요? 서로를 내세우지 않고 서로를 죽였기 때문입니다."

"으음……."

의원들 입에서 신음이 나왔다. 이제는 감을 잡는 의원들이었다.

"그러나 이 황포묵… 아시겠지만 오방위의 중앙은 황색입니다. 사방위 안의 중심이라면 정치적으로는 국민이 되겠지요. 그런데 화려한 성분의 식재료를 만난 황포묵의 맛은 어땠습니까?"

"끄웅……."

"주제넘은 설명은 여기서 마치겠습니다. 탕평채는 차갑게 드시는 요리인데 아래 재운 하빙수가 딱 맞게 차가워졌습니다. 드셔도 되겠습니다."

초자연수 세트가 세팅되었다. 피죽도 놓여졌다. 백김치와 세 가지 부각도 함께 나왔다. 개인 접시까지 세팅을 하고서야 민규는 자리를 떴다.

의원들의 테이블에는 깊은 침묵이 흘렀다. 눈앞에 놓인 두 개의 탕평채…….

소담한 청포묵 탕평채.

화려한 황포묵 탕평채.

"먹읍시다."

물잔을 비워낸 주 의원이 테이프를 끊었다.

청포묵 쪽이었다.

다른 의원들도 청포묵만 먹었다.

그러다 곽영주가 파안대소를 터뜨렸다.

다른 의원들이 그를 바라보았다.

"탕평채 말입니다. 처음 먹는 요리는 아닌데 오늘은 마치 영조대왕님 앞에서 먹는 기분입니다. 요리가 말을 하는 것 같지 않습니까? 너희가 무슨 잔머리를 굴리는지, 너희들 배 속에서 다 지켜볼 거다."

"뜨끔하군요."

"저도 그렇습니다. 원효대사의 깨우침이 들어오는 듯하네요."

다른 의원들도 동의를 했다.

미소와 함께 분위기가 좋아지기 시작했다.

민규의 시도는 대성공이었다.

의원들은 피죽을 두 그릇씩 비워냈다.

초자연수 세트로 음양기혈이 보강되고 경락이 열리니 마음도 열렸다.

도란도란 의견 조율이 제대로 되었다.

웃음소리가 커지는 것으로 알 수 있는 일이었다.

"셰프님, 내실에서 호출이에요."

한참 후에 재회에게 전갈이 왔다.

"부르셨습니까?"

민규가 내실에 들어섰다. 슬쩍 테이블부터 보았다.

청포묵 탕평채는 전멸, 황포묵 쪽은 손도 대지 않은 상태였다.

"우리 셰프님 존함이 이민규라고 하던데 맞습니까?"

곽영주가 물었다. 흐뭇한 표정이었다.

"그렇습니다."

"내가 문화체육관광 상임위에서 일합니다. 오늘 요리를 먹어보니 왜 다들 이 셰프, 이 셰프 하는지 알 것 같더군요. 요리도 그렇지만 요리에 대한 식견까지 탁월하군요. 혹시라도 전통요리 하는 데 애로가 있으면 언제든 전화하세요. 아, 혹시라도 내가 못 받으면 우리 보좌관에게 하시고……."

곽영주가 명함을 건네주었다.

"거 문광위 명함으로 눈도장이라도 받는 겁니까? 우리도 허당은 아니니 좀 봐주세요. 여기 주 의원님급 단골로 말입니다."

다른 의원 둘의 명함도 나왔다.

"일개 요리사의 두서없는 말을 경청해 주시니 고맙습니다."

민규가 겸손히 답했다.

"별소리를. 우리가 이제야 영조대왕의 탕평채가 왜 탕평채인지를 알게 되었어요. 갖가지 양념 쳐서 국민을 현혹하지 마라. 네 욕심 차리지 말고 싹 비우고 임해라. 바로 이거죠?"

주용길이 웃었다.

"그럼 저희 집에 오신 기념으로 잔병치레 몇 가지 돌봐 드리겠습니다."

분위기가 좋아진 것에 대한 서비스였다.

국민에게 희망을 주라는 메시지였다.

"아, 우리 이 셰프 약선이 또 명의급이지?"

주용길은 또 한 번 흐뭇했다.

세 의원에게 각각의 처방이 나갔다.

한 의원은 입 냄새가 심했으니 土형 체질에 비위장의 문제.

정화수에 참외씨를 갈아 만든 수박정과를 주었고, 또 서 의원은 눈썹이 희미하므로 木형에 간담장의 문제.

토종 생강을 썰어 눈썹을 문질러 준 후에 참기름으로 반죽한 약재 반하를 발라주었다.

마지막으로 곽영주는 기미가 극성이라 金형에 폐대장의 문제가 있었으니 찹쌀과 석회, 파두로 만든 떡을 얼굴에 붙였다.

"의원님의 구취는 육식 때문입니다. 육식을 줄이시고 약수를 한 병 드릴 테니 시간 날 때마다 입을 헹궈내세요. 그럼 구취가 사라질 겁니다. 그리고 두 분은 불편하시겠지만 차 타고 가시다 내릴 때쯤 떼어버리면 효과가 있을 겁니다."

"어허, 이러면 눈썹이 난단 말입니까?"

눈썹이 희미한 서 의원이 물었다.

"예, 다만 눈썹은 간장과 방광, 삼초의 기가 좋아야 보기 좋게 자라므로 언제 다시 오시면 그때 드실 요리에 함께 처방을 해드리겠습니다."

"어이쿠, 그럼 내일 당장에라도 와야겠군."

"서 의원, 예약하기 힘들다잖소? 이거 우리가 여기 자유이용권 법안 발안부터 해야겠어요."

곽영주가 얼굴에 붙은 떡을 잡은 채 웃었다.

"고맙소. 내 이 은혜 두고두고 기억하리다."

계산을 마친 주용길이 민규 손을 힘 있게 쥐었다.

탕평채는 대박이었다. 네 국회의원의 마음을 탕평으로 묶어버린 것이다.

인사는 그게 끝이 아니었다.

"이 셰프님, 진짜 입 냄새가 안 납니다. 이게 향수 치약으로 닦아도 안 되던 건데 우리 비서관이 몇 번이고 확인해도 좋은 냄새가 난다네요. 자신감이 확 삽니다."

"눈썹이 진해졌네요. 이 셰프가 이제 보니 마법사 아닙니까?"

"이거 믿어야 합니까? 땟국물처럼 얼룩을 그려대던 기미가 절반 이상 사라졌어요."

차례차례 걸려온 인사 전화가 민규 마음에 자부심으로 쌓였다.

『밥도둑 약선요리王』 8권에 계속…